Titre original : *The Strange Case of Dr Jekyll and Mr Hyde*

Robert Louis Stevenson

L'étrange cas du Dr Jekyll et de M. Hyde

Illustrations de François Place

Traduit de l'anglais
par Charles-Albert Reichen

La Guilde du livre
Lausanne

1
La porte mystérieuse

M. Utterson, avoué de son état, était un homme au visage sévère qu'aucun sourire n'éclairait jamais. D'où venait cependant la sympathie qu'il inspirait malgré son aspect froid, renfrogné, son élocution embarrassée, et son long corps morne et maigre ? À l'occasion de quelque réunion d'amis, quand il avait trouvé le vin à sa convenance, ses yeux brillaient d'un doux éclat ; le personnage s'humanisait, mais cette humanité ne transparaissait pas seulement dans l'expression de sa physionomie aux heures de détente qui suivent les bons repas, mais plus souvent encore et avec plus de force dans certains actes de sa vie. Il s'infligeait une discipline austère. S'il buvait du gin lorsqu'il était seul, c'était uniquement pour contrarier son penchant aux bons vins. Depuis vingt ans et malgré un goût très vif pour le spectacle, il n'avait pas mis les pieds dans un théâtre. Pour autrui, cependant, il se sentait des trésors d'indulgence. Qu'il fallût aux autres tant de vitalité pour commettre le mal ne laissait pas de l'étonner quelquefois ; et il avait

tendance à secourir plutôt qu'à accabler ceux qui se
livraient aux excès de la chair. « Je partage, disait-il
drôlement, l'hérésie de Caïn, je laisse mon frère aller
au diable si cela lui chante ! » Avec un pareil état
d'esprit, il lui arrivait fréquemment d'être le dernier
à déserter les gens qui tournaient mal et le dernier à
pouvoir exercer sur eux une influence salutaire. Et il
ne leur faisait jamais sentir, par une différence d'attitude, la gêne qu'ils lui causaient, tant du moins qu'ils
voulaient bien encore venir le voir ! M. Utterson
n'avait pas grand mérite à agir ainsi ; peu démonstra-
tif, il laissait ses amitiés se nouer et se dénouer au gré
des circonstances, et selon les affinités du moment.
N'est-ce point une preuve de modestie que d'accep-

8

ter son cercle de relations des mains capricieuses du hasard ? Tel était le cas de l'avoué ! Il choisissait ses amis parmi les membres de sa famille ou parmi les gens qu'il connaissait de longue date : ses affections, pareilles au lierre, se consolidaient avec les années et n'impliquaient aucune qualité particulière chez ceux qui en bénéficiaient. De là, sans doute, le lien qui l'unissait à l'un de ses cousins éloignés, M. Richard Enfield, homme bien connu dans la société londonienne. La plupart des gens se demandaient ce que ces deux êtres pouvaient bien trouver l'un dans l'autre, et quels intérêts ils possédaient en commun. Ceux qui les apercevaient au cours de leur promenade du dimanche prétendaient qu'ils ne se disaient pas un mot, qu'ils paraissaient s'ennuyer à mourir et que la venue d'un tiers les soulageait visiblement. Néanmoins, tous deux attachaient beaucoup de prix à ces excursions dominicales, les regardaient comme le plus précieux moment de leur semaine, et, pour le savourer tout à leur aise, sacrifiaient non seulement une partie de plaisir, mais encore l'occasion de traiter une affaire.

Au cours d'une de ces expéditions, il leur arriva de passer par une petite rue située dans un quartier commerçant de Londres. Malgré son aspect paisible, cette artère minuscule connaissait, les jours de semaine, une animation considérable. Des gens aisés, à ce qu'il semblait, l'habitaient et tous désiraient (ce qui était normal) s'enrichir encore plus, dépensant en travaux d'embellissement l'excédent de leurs recettes. C'est pourquoi les vitrines des magasins qui bordaient ce passage avaient un aspect attrayant et faisaient penser à d'accortes vendeuses présentant leur marchandise avec le sourire. Même le dimanche, lorsque ses appâts les plus florissants étaient voilés, que la circulation était presque nulle, cette rue se détachait avec éclat sur son terne voisinage, un peu à la façon d'un coin de forêt où l'on a allumé un feu. Ses persiennes, fraîchement repeintes, ses cuivres bien polis, lui donnaient un air propre et gai : elle attirait le passant, charmait sa vue. À deux portes du coin, à main gauche en allant vers l'est, l'alignement était rompu par une entrée de cour ; c'est là qu'une bâtisse trapue, d'aspect sinistre, avançait son pignon sur la rue. Privée de fenêtres, elle ne possédait, malgré ses deux étages, qu'une porte au rez-de-chaussée, dominée par le fronton nu d'un mur décrépit. Tout cela portait la marque d'une longue et sordide négligence. La peinture de la porte sans sonnette ni marteau s'écaillait, perdait son vernis. Les clochards s'installaient dans le renfoncement et utilisaient les panneaux pour y frotter leurs allumettes ; les enfants tenaient boutique sur les marches et les écoliers essayaient leurs canifs sur les moulures. Pendant près d'une génération, personne n'avait songé à chasser ces intrus, ni à réparer leurs dégâts.

M. Enfield et l'avoué se trouvaient sur l'autre trottoir ; or, comme ils parvenaient en face de l'entrée,

M. Enfield la montra du bout de sa canne et demanda
à son compagnon :

– Avez-vous déjà vu cette porte ?

Et, lorsque celui-ci lui eut répondu par l'affirma-
tive, il ajouta :

– Elle reste associée dans mon souvenir à une bien
étrange histoire.

– Vraiment ? répondit M. Utterson avec un léger
changement dans la voix. Et quelle histoire ?

– Eh bien, voici. J'étais allé dîner au diable Vauvert et rentrais chez moi passablement tard. C'était par une sombre nuit hivernale et il pouvait bien être trois heures du matin. Mon chemin passait à travers des quartiers où il n'y avait à proprement parler que des réverbères. Les rues succédaient aux rues (tout le monde était au lit) ; les rues s'embranchaient les unes sur les autres, aussi vides que des nefs d'église et éclairées *a giorno* comme pour une procession. C'en devenait hallucinant. J'étais dans cet état d'esprit où l'on sursaute au moindre bruit et où l'on se prend à désirer la présence d'un agent de police. Soudain, j'aperçus deux silhouettes ; la première était celle d'un homme de petite taille qui marchait d'un bon pas en direction de l'est ; la seconde, celle d'une gamine qui pouvait avoir huit ou dix ans et qui descendait à toute allure une artère transversale. Naturellement, ils entrèrent en collision au coin de la rue, mais – et c'est alors que la comédie devient du drame – l'homme, avec un sang-froid diabolique, se mit délibérément à piétiner la fillette étendue sur le sol et la laissa hurlante de douleur. À l'entendre raconter, le fait n'a l'air de rien mais je vous assure que le spectacle était effroyable. Cet homme n'avait plus rien d'un homme, mais ressemblait plutôt à quelque infernal char de Jaggernaut. J'appelai au secours, accourus à toutes jambes, puis colletai le triste sire, que je ramenai au coin de la rue, où déjà la gamine avait, par ses cris, ameuté tout un groupe.

Il avait l'air parfaitement calme et n'offrait aucune résistance, mais le regard satanique qu'il me jeta m'inonda d'une sueur froide. Les parents de l'enfant étaient accourus ; bientôt le docteur qu'elle était allée chercher apparut également. Oh ! bien, la pauvre petite avait eu plus de peur que de mal ! C'était du moins l'avis du Diafoirus !

« Peut-être supposez-vous que mon récit se termine là. Que non pas ! Une autre circonstance passablement étrange vient encore s'y ajouter. Du premier coup d'œil, j'avais éprouvé pour mon captif un véritable sentiment de haine, sentiment que je partageais – et c'est une chose bien naturelle – avec la famille de la victime. Mais l'attitude du docteur m'étonna. C'était le type classique du médecin ; ni son apparence ni son âge ne le distinguaient ; il parlait avec un accent d'Édimbourg très prononcé et semblait à peu près aussi impressionnable qu'une cornemuse. Eh bien, monsieur, il n'était pas différent de nous ! Toutes les fois qu'il jetait les yeux sur mon prisonnier, je le voyais pâlir et je devinais qu'il mourait d'envie de le tuer. Je savais ce qui se passait en lui, comme il savait ce qui se passait en moi. Il n'était évidemment pas question d'appliquer la loi de Lynch. Nous fîmes ce qui s'imposait. Nous informâmes l'individu que nous pourrions soulever et soulèverions certainement un tel tollé d'indignation autour de cet événement que son nom serait honni par toute la ville de Londres. Nous ne ménagerions aucun effort pour détruire sa réputation et lui aliéner ses amis. Et tout en lui disant, sans ménagement, ses quatre vérités, nous avions fort à faire pour le protéger des femmes déchaînées contre lui comme autant de furies. J'ai rarement vu collection de visages exprimer une telle haine ! Et l'homme restait planté là, au milieu de ce cercle de forcenés, souverainement calme, sinistre et railleur, pas très rassuré évidemment, mais tenant le coup comme Satan en personne.

« – Si vous voulez faire tant d'histoires autour de cet accident, dit-il enfin, je ne peux pas vous en empêcher, c'est évident ; mais il n'est pas d'homme qui ne désire s'épargner un scandale ! Fixez-moi un prix !

« Nous exigeâmes cent livres sterling payables à

la famille de la fillette. Visiblement, il aurait bien voulu nous brûler la politesse, mais il y avait en nous tous un petit quelque chose qui ne lui disait rien de bon et qui le contraignit à céder en fin de compte. Restait encore à obtenir l'argent ! Où pensez-vous qu'il nous emmena ? Ici même, devant cette porte.

« Il sortit une clef de sa poche, entra et revint quelques instants plus tard muni de dix livres en or et d'un chèque de quatre-vingt-dix livres sur la banque Coutts, payable au porteur et signé… Non, je ne dois pas vous le dire, bien qu'en cette signature réside le point capital de l'histoire, mais c'est là un nom fort connu, un nom que vous avez souvent pu voir imprimé. Quoique le chiffre fût d'importance, ce paraphe aurait pu répondre d'un chiffre plus élevé encore, à condition toutefois d'être authentique. Je me permis de faire remarquer au triste sire que toute cette affaire me paraissait louche, qu'en temps normal un homme ne pénètre pas à quatre heures du matin par une porte dérobée, pour en ressortir avec un chèque de près de cent livres, porteur d'une autre signature que la sienne.

« — Calmez-vous, répondit-il, je ne vous quitterai pas avant l'ouverture de la banque et c'est moi, en personne, qui toucherai le chèque.

« Alors, nous partîmes tous les quatre, le médecin, le père de la fillette, notre homme et moi, et ce fut dans mon appartement que s'écoula le reste de la nuit. Nous y prîmes notre déjeuner, après quoi nous

nous rendîmes tous ensemble à la banque. Je présentai le chèque moi-même, m'empressant de dire qu'il me paraissait suspect. Eh bien, non ! il était parfaitement en règle.

– Parbleu ! dit M. Utterson.

– Je vois que vous partagez mon sentiment, reprit M. Enfield. Oui, l'histoire est franchement déplorable. Mon bonhomme était un de ces personnages avec lequel nul ne voudrait se commettre, un être diabolique, et le signataire du chèque représente tout ce qu'il y a de mieux dans la société, une sommité et, qui plus est, un philanthrope. Simple histoire de chantage, probablement, quelque péché de jeunesse dont on lui présente la facture… sur le tard ! C'est pourquoi j'ai baptisé la maison où s'ouvre cette fameuse porte : « la maison de l'homme qui chante » bien qu'à la vérité il ne doive pas avoir le cœur gai tous les jours ! Pourtant, ajouta-t-il, ceci n'explique pas tout.

Après avoir prononcé ces dernières paroles, il sombra dans une profonde rêverie. M. Utterson l'en tira en lui demandant soudain :

– Savez-vous si c'est ici que demeure le signataire du chèque ?

– Cela m'étonnerait, répondit M. Enfield. D'ailleurs j'ai inscrit son adresse ; il habite dans un square, mais pour vous dire lequel…

– Et vous ne vous êtes jamais demandé à qui pouvait bien appartenir cette maison, avec cette porte ?

– Certainement non ! Je ne suis pas un mufle, je n'aime pas à interroger. Cela sent trop son Apocalypse et son Jugement dernier. Vous soulevez une question et c'est comme si vous ébranliez une pierre. Vous êtes tranquillement assis au sommet d'une colline, mais votre pierre roule et en entraîne d'autres. Bientôt, quelque brave bourgeois (le dernier auquel vous auriez pensé) reçoit le caillou sur le crâne, dans son propre jardin, et voilà une famille en deuil ! Non, mon cher ami, je me suis fait une règle de conduite de ne pas chercher à approfondir les histoires mystérieuses.

– Voilà qui est sage, acquiesça l'avoué.

– Cela ne m'a pas empêché de reconnaître les lieux, poursuivit M. Enfield. Cette maison semble à peine habitable. Elle ne possède pas d'autre porte et personne n'entre ou ne sort par là, sauf une fois, de loin en loin, l'individu de mon histoire. Si vous pénétrez dans la cour adjacente, vous pourrez constater la présence de trois fenêtres au premier étage ; aucune en dessous ! Ces fenêtres sont toujours closes mais leurs carreaux sont propres. Et puis il y a aussi une cheminée que l'on voit généralement fumer. Sans doute, quelqu'un doit vivre dans cette demeure. Et encore, ce n'est pas sûr, car les bâtiments qui entourent la cour sont si bien serrés les uns contre les autres qu'il est difficile de dire où l'un finit et où l'autre commence.

Les deux amis continuèrent à marcher. Ils firent quelques pas dans le plus complet silence, puis Utterson parla :

– Enfield, dit-il, je crois que vous êtes sage.

– J'en suis persuadé, Utterson.

– Mais, malgré tout, je voudrais vous demander quelque chose. Pouvez-vous me donner le nom de cet homme qui piétina l'enfant ?

– Certainement, car je ne vois pas de mal à vous le dire. Il m'a déclaré s'appeler Hyde.

– Hyde ? Quelle sorte d'homme est-ce là ?

– Il n'est pas facile à décrire. Il y a quelque chose de bizarre dans son apparence, quelque chose de déplaisant, d'odieux ; je n'ai jamais vu de créature qui me déplût autant et pourtant je ne saurais dire pourquoi. Il doit être atteint de quelque monstruosité. On a, en le voyant, l'impression d'un être anormal, bien qu'il soit fort difficile de préciser. C'est un individu extraordinaire et, cependant, il ne présente rien de réellement insolite. Non, mon ami, je ne puis arriver à le décrire et ce n'est pas par manque de mémoire, car je n'ai qu'à fermer les yeux pour le voir apparaître devant moi.

M. Utterson fit encore quelques pas en silence, visiblement absorbé par de pesantes réflexions.

– Vous êtes bien sûr qu'il s'est servi d'une clef ? demanda-t-il enfin.

– Mais, mon cher ami... commença Enfield au comble de la surprise.

– Oui, je sais, répondit Utterson, cela doit vous sembler étrange. Le fait est que si je ne vous demande pas le nom du signataire du chèque, c'est que je le connais déjà. Voyez, Richard, votre histoire a porté. Elle présente pour moi un grand intérêt et si vous avez été inexact sur un point, vous feriez bien de rectifier.

Une expression de mauvaise humeur se peignit sur les traits d'Enfield.

– Vous auriez pu m'avertir de cela, répliqua-t-il, mais je suis sûr de mon fait et mes indications sont rigoureusement exactes. L'individu avait une clef et, qui plus est, elle est encore en sa possession. Je l'ai vu l'utiliser pas plus tard que la semaine dernière.

M. Utterson eut un profond soupir, mais il n'ajouta pas un mot et son compagnon poursuivit :

— Encore une fois, j'ai perdu l'occasion de me taire. J'ai honte d'avoir la langue si longue. Écoutez-moi ! Promettons-nous de ne plus jamais reparler de tout ceci.

— Bien volontiers, acquiesça l'avoué ; serrons-nous la main, Richard !

2
À la recherche de M. Hyde

Ce soir-là, M. Utterson réintégra son logis de céli-
bataire de fort méchante humeur et se mit à table sans
le moindre entrain. Il avait coutume, après son dîner
du dimanche, de s'installer au coin du feu avec, sur
sa table, un livre de théologie très sérieux qu'il étu-
diait jusqu'au moment où le clocher voisin sonnait
les douze coups de minuit. Alors, il se couchait l'âme
tranquille et satisfaite.

Cette nuit-là, cependant, aussitôt que la table fut
desservie, il prit une bougie et entra dans son cabinet.
Il ouvrit son coffre-fort, en sortit de la case la plus
secrète un document dont l'enveloppe portait cette
suscription : *Testament du Dr Jekyll*, et, le front soucieux, s'assit pour en examiner le contenu. Le testament était olographe, car M. Utterson, quoiqu'il en
assumât la garde à présent qu'il était fait, avait refusé
de prêter la moindre assistance à sa rédaction.

Le document stipulait non seulement qu'en cas de
décès du Dr Jekyll, agrégé de médecine, docteur en
droit, membre de l'Institut, tous les biens du *de cujus*

passeraient aux mains de *son ami et bienfaiteur Edward Hyde*, mais encore qu'en cas de disparition dudit Dr Jekyll ou *d'une absence inexplicable excédant le délai de trois mois*, le susnommé Edward Hyde hériterait du Dr Jekyll sans autre formalité, hormis le paiement de quelques petites sommes à la domesticité du docteur. Ce testament était depuis longtemps la bête noire de l'avoué. Il choquait en lui le légiste aussi bien que l'homme et constituait une sorte d'outrage aux traditions bourgeoises. Jusqu'à présent, c'était d'ignorer M. Hyde qui avait soulevé son indignation ; maintenant, par un soudain retour des choses, c'était de le connaître. L'affaire était déjà irritante

lorsque le nom était tout ce qu'il pouvait savoir ; mais à présent qu'il associait l'homme à des événements odieux, c'était encore bien pire ! Hors des brumes mouvantes, immatérielles, qui avaient si longtemps trompé ses regards, jaillissait, soudaine et définitive, l'image d'un démon.

« Je pensais que c'était de la folie, se dit-il en replaçant le détestable dossier dans le coffre-fort, mais maintenant je commence à craindre qu'il n'y ait là-dessous une bien vilaine affaire. »

Il souffla sa bougie, endossa son pardessus et partit en direction de Cavendish Square, cette Acropole de la médecine où son ami, l'illustre Dr Lanyon, avait son hôtel particulier et recevait de nombreux clients.

« Si quelqu'un est au courant, pensait-il, ce sera sûrement Lanyon. »

Le majestueux maître d'hôtel connaissait l'avoué et il le reçut avec empressement. Sans le faire attendre, il l'introduisit dans la salle à manger où le Dr Lanyon, seul à table, terminait son repas.

Le praticien était un homme cordial, robuste, ingambe, au visage coloré et aux cheveux prématurément blancs. Il avait des manières bruyantes et décidées. À la vue de M. Utterson, il se leva de sa chaise et s'avança, les deux mains tendues. La cordialité du médecin pouvait paraître un tantinet histrionique, mais elle reposait sur un sentiment sincère. Utterson et lui s'estimaient depuis longtemps ; ils avaient été camarades d'école et de faculté, mais chacun d'eux avait le plus complet respect pour sa propre dignité comme pour celle de l'autre et, chose assez rare en pareil cas, les deux hommes aimaient à être ensemble.

Après quelques instants de conversation décousue, l'avoué aborda le sujet qui le préoccupait si fâcheusement.

– Je crois, Lanyon, dit-il, que nous sommes tous deux les plus anciens amis de Henry Jekyll.

– Cela ne nous rajeunit guère, répondit le docteur avec un petit rire. Mais je pense que ce que vous dites est vrai. Où voulez-vous en venir ? Vous savez que je le vois très peu maintenant.

– Vraiment ! Je pensais que vous travailliez en collaboration.

– Nous l'avons fait mais, depuis environ dix ans, Henry Jekyll est devenu trop fantasque pour moi ; il s'est mis à divaguer, à divaguer grandement. Bien sûr, je continue à m'intéresser à lui, en raison de nos souvenirs communs, mais je ne le vois que de loin en loin. Les hérésies scientifiques qu'il professe auraient suffi à brouiller Oreste et Pylade.

Les traits du docteur s'étaient empourprés, mais ce petit accès d'humeur soulageait M. Utterson. Il pensa : « Querelle de spécialistes. Ils ne sont pas d'accord sur quelque théorie scientifique. »

N'étant point lui-même un fanatique du savoir, sauf lorsqu'il s'agissait d'un point de procédure, l'avoué n'y voyait pas malice. Aussi ajouta-t-il :

– Si ce n'est pas plus grave que cela…

Après avoir donné à son ami quelques secondes pour recouvrer son sang-froid, il lui posa, de but en blanc, la question qui faisait l'objet de sa visite :

– N'avez-vous jamais rencontré un des protégés du Dr Jekyll, un certain M. Hyde ?

– Hyde ? Hyde ? Non, je n'ai jamais entendu parler de cet homme.

L'avoué avait fait chou blanc : il ne tirerait rien de là.

Il rentra se coucher, mais passa toute la nuit à s'agiter dans son grand lit de chêne sombre. Le matin vint enfin, mais, malgré la lassitude de son esprit, les multiples questions qu'il s'était posées, le légiste n'en était pas plus avancé. Six heures sonnèrent à l'horloge de l'église qui se trouvait si commodément placée près de la demeure de M. Utterson. Le malheureux tournait et retournait toujours son problème. Jusqu'ici, il l'avait seulement envisagé du point de vue de l'entendement, mais, maintenant, sa sensibilité aussi était entrée en jeu, de même que son imagination, et tandis que la pénombre du matin se frayait un passage à travers les épais rideaux de la fenêtre, le récit de M. Enfield se déroula dans son esprit à la façon d'un kaléidoscope.

Il apercevait d'innombrables réverbères dans des rues enténébrées ; et puis c'était un homme marchant d'un pas rapide ; une fillette revenant en courant de la maison du docteur ; la collision des deux personnages, et puis le Jaggernaut humain, piétinant furieusement le corps de l'enfant et continuant sa route sans s'occuper de ses cris. Une autre scène succédait à celle-ci. Il voyait une chambre dans une riche maison où son ami, le Dr Jekyll, dormait en faisant de beaux rêves. Soudain, la porte de la chambre s'ouvrait, les rideaux du lit étaient tirés par une main rude, le dormeur s'éveillait et voilà que, près de lui, se dressait un être doué d'un pouvoir démoniaque qui, même à cette heure indue, l'obligeait à se lever et à exécuter ses ordres.

Le personnage fantomatique, héros de ces deux scènes, continua à hanter le malheureux avoué. Si par hasard il venait à s'assoupir, c'était seulement pour le voir se glisser furtivement entre les maisons endormies ou se mouvoir de plus en plus vite, jusqu'à lui en donner le vertige, à travers des labyrinthes de réverbères s'étendant à l'infini, des angles de rues multipliés où, à chaque coup, l'être diabolique broyait une petite fille et la laissait hurlante sur le pavé. La vision n'avait pas de visage ou, si elle en avait un, à un moment quelconque du rêve, ce visage se dissipait instantanément en vapeurs.

Dès lors germa et crût très rapidement, dans l'esprit de M. Utterson, une curiosité incoercible et presque morbide de contempler les traits du véritable M. Hyde. S'il pouvait, une bonne fois, poser son regard sur lui, il était sûr que le mystère s'éclaircirait et se dissiperait aussitôt comme c'est généralement la règle, toutes les fois que vous analysez méthodiquement un mystère.

Ainsi pourrait-il trouver une raison à l'étrange préférence de son ami ou, s'il vous plaît de l'appeler ainsi, à l'esclavage dans lequel il était tombé ; ainsi comprendrait-il les clauses paradoxales de ce testament. Au demeurant, ce serait un visage digne d'être vu : celui d'un homme sans entrailles, sans pitié, devant lequel chacun, même le flegmatique Richard Enfield, était capable de concevoir une haine inexpiable !

Dorénavant, M. Utterson prit l'habitude de passer aussi souvent que possible dans la petite rue aux boutiques. Le matin, avant l'ouverture des bureaux, à midi, au moment où l'animation battait son plein et où le temps n'avait plus de prix, le soir, sous la face embrumée de la lune éclairant la cité, sous toutes les lumières et à toutes les heures de solitude ou d'affluence, on trouvait l'avoué à l'affût.

« Je l'aurai bien un jour, pensait-il, et alors, alors… »

Finalement, sa patience fut récompensée. C'était par une belle nuit d'hiver. Il gelait ; les trottoirs étaient secs et aussi propres qu'une piste de danse ; les lampes, qu'aucun souffle de vent n'agitait, traçaient un dessin régulier d'ombre et de lumière.

Dès les dix heures, toutes les boutiques étant désormais fermées, la petite rue retombait dans la solitude et, malgré la rumeur sourde de la circulation des grandes artères, il y régnait un extraordinaire silence. Les moindres sons portaient ; on entendait clairement, de chaque côté de la chaussée, les divers bruits faits par les locataires des maisons adjacentes et les pas de tout promeneur résonnaient longtemps à l'avance.

M. Utterson était depuis quelques minutes à son poste, quand il surprit un pas singulièrement léger qui s'approchait rapidement de lui. Au cours de ses patrouilles nocturnes, il avait appris à discerner comment, sur le fond sonore de la circulation des trams et des voitures, se détache en clair un bruit de pas arrivant au loin. Pourtant, son attention n'avait jamais été, jusqu'alors, attirée d'une façon si vive et si définie. Ce fut donc avec l'impression qu'il n'avait, ce soir, pas attendu en vain, que l'avoué se plaça en retrait dans l'entrée de la cour.

Les pas se rapprochèrent bien vite et sonnèrent soudain plus fort au moment où le quidam tournait l'angle de la rue. Le légiste, regardant l'entrée, put bientôt voir à quelle sorte d'homme il aurait affaire. Il était petit, très simplement vêtu et son aspect, même à cette distance, donnait au guetteur une impression très désagréable. Il s'en fut tout droit à la porte, traversant la chaussée pour gagner du temps et, tout en marchant, il sortait une clef de sa poche, exactement comme un bon bourgeois qui rentre chez lui.

M. Utterson s'avança et lui toucha l'épaule.

– Monsieur Hyde, n'est-ce pas ?

L'homme recula d'un pas et son haleine se fit sif-flante. Mais sa crainte ne dura qu'un instant et, quoi-qu'il évitât de regarder l'avoué en face, il répondit avec assez de calme :

– Lui-même ! Que me voulez-vous ?

– Je vois que vous allez rentrer, répondit l'avoué. Je suis un vieil ami du Dr Jekyll. Vous avez certaine-ment déjà entendu parler de moi : M. Utterson, de

Gaunt Street ? Vous ne vous rappelez pas ? Vous rencontrant si à propos, j'ai pensé que vous pourriez me conduire chez le docteur.

M. Hyde baissa la tête et souffla dans sa clef :

— C'est que… c'est que le Dr Jekyll est parti en voyage. Vous ne le trouverez pas aujourd'hui.

Et puis, soudainement, mais toujours sans regarder son interlocuteur :

— Comment m'avez-vous reconnu ? demanda-t-il.

— Je vous le dirai plus tard, mais, en attendant, voulez-vous me faire une faveur ?

— Laquelle ?

— Me laisser voir votre figure !

M. Hyde parut hésiter et puis, se décidant brusquement, dévisagea M. Utterson avec un air de défi. Les deux hommes s'affrontèrent des yeux pendant quelques secondes.

— Maintenant, je vous reconnaîtrai, dit l'avoué. Cela peut être utile.

— Oui, rétorqua M. Hyde, cela peut être utile et il vaut mieux que nous nous soyons rencontrés. À propos, laissez-moi vous donner mon adresse.

Et il lui donna le numéro d'une rue dans le quartier de Soho.

« Seigneur Dieu ! se dit M. Utterson, aurait-il, lui aussi, pensé au testament ? »

Cependant, il garda ses réflexions pour lui-même et signifia par un simple grognement qu'il avait noté l'adresse.

– Et maintenant, dit l'autre, comment m'avez-vous reconnu ?

– Par signalement.

– Qui vous a donné ce signalement ?

– Un ami commun.

– Un ami commun ? Lequel ?

– Le Dr Jekyll.

La face de M. Hyde s'empourpra de colère.

– Vous êtes un fameux menteur ! Jamais Jekyll ne vous a parlé de moi. Et moi qui vous prenais pour un honnête homme !

– Allons, fit M. Utterson d'un ton conciliant, ne nous insultons pas. Cela n'a pas de sens.

L'autre eut un grondement qui dégénéra en un rire sauvage. Un instant plus tard, avec une agilité extraordinaire, il avait ouvert la porte et disparu dans la maison.

Après le départ de M. Hyde, l'avoué resta quelque temps immobile. Il était très inquiet. Ensuite, il se mit à remonter lentement la rue, s'arrêtant tous les deux mètres et portant la main à son front comme un homme dans l'embarras. Le problème qu'il examinait, tout en marchant, n'était pas un de ceux qui se laissent aisément résoudre. M. Hyde était blême et rabougri ; il donnait une impression de monstruosité sans malformation apparente ; il avait un sourire déplaisant, s'était comporté en face de l'avoué avec un mélange intolérable de timidité et de hardiesse et il parlait d'une voix indistincte, basse et quelque peu cassée. Toutes les apparences étaient contre lui, mais rien de tout cela ne pouvait rendre compte de cette impression insolite de dégoût, d'aversion et de crainte qu'il inspirait à M. Utterson.

« Il doit y avoir encore autre chose, se disait l'avoué, perplexe. Je suis sûr qu'il y a autre chose, encore que je ne sache pas comment la définir. Dieu me pardonne ! Cet être semble à peine humain. On dirait un homme des cavernes, une sorte de pithécanthrope ! À moins qu'il s'agisse là simplement d'un corps normal habité par une âme satanique et dont le rayonnement... Oui, je crois que c'est cela ! Oh, mon pauvre vieux Henry Jekyll, s'il m'est jamais arrivé de lire la signature de Satan sur un visage, c'est bien sur celui de votre nouvel ami ! »

À l'angle de la petite rue, il y avait un square bordé de belles vieilles maisons, pour la plupart déchues de leur haute condition, et dont on avait fait des immeubles de rapport habités par toutes sortes de gens : graveurs sur cuivre, architectes, hommes d'affaires véreux et courtiers marrons. Une maison, toutefois, la seconde après l'encoignure, était encore intacte. Ce bel hôtel particulier gardait, au milieu de la médiocrité environnante, un grand air de richesse et de confort, bien qu'il fût à présent plongé dans l'obscurité, à part la veilleuse qui brillait sous la marquise. M. Utterson gagna la porte de l'immeuble et souleva le marteau. Un domestique âgé et bien mis vint lui ouvrir.

– Bonsoir, Poole, dit l'avoué, le Dr Jekyll est-il chez lui ?

– Je vais voir, monsieur Utterson.

Poole, s'effaçant devant le visiteur, le fit entrer dans un vaste hall confortable, pavé de dalles, bas de plafond et chauffé à l'ancienne mode par un grand feu de bois, ronflant dans une cheminée monumentale. La pièce était meublée de vieux chêne. C'était là un ensemble précieux et de bon goût.

– Voulez-vous, dit le majordome, attendre près du feu, ou désirez-vous que je vous allume une lampe dans la salle à manger ?

– Je préfère rester ici, répondit l'avoué, qui alla s'appuyer contre le garde-feu.

Cette pièce, dans laquelle on l'avait laissé seul, était

chère au Dr Jekyll et Utterson lui-même avait l'habi-tude d'en parler comme de la salle la plus agréable de Londres. Ce soir-là, pourtant, il n'y prêtait pas atten-tion, car il avait le sang glacé. Le visage de Hyde lui avait laissé un pénible souvenir ; il se sentait (ce qui lui arrivait rarement) las et dégoûté de la vie et, dans la tristesse de son humeur, il croyait lire une menace dans les reflets fugaces du feu courant sur les meubles polis et dans l'incessant tressaillement des ombres du plafond. Il eut honte de son soulagement quand Poole revint lui annoncer que le Dr Jekyll était sorti.

– Dites donc, Poole, demanda l'avoué, j'ai vu M. Hyde entrer par la vieille porte de l'amphi-théâtre. A-t-il l'autorisation de le faire en l'absence du Dr Jekyll ?

– Pour sûr, monsieur, répliqua le serviteur. Le doc-teur lui a donné une clef.

– Votre maître semble accorder une grande confiance à ce jeune homme !

– Oui, monsieur, une très grande confiance ; nous avons tous l'ordre de lui obéir.

– Je ne pense pas avoir jamais vu M. Hyde ici, n'est-ce pas, Poole ?

– Oh, non, monsieur. Il ne dîne jamais ici. À vrai dire, nous ne le voyons que rarement dans cette par-tie de la maison ; la plupart du temps, il entre et sort par le laboratoire.

– Bien le bonsoir, Poole.

– Bonsoir, monsieur Utterson.

L'avoué se mit en devoir de regagner son logis, le cœur très lourd.

« Pauvre Henry Jekyll, pensait-il, je crains bien qu'il ne soit dans une mauvaise passe ! Il a eu nombre d'aventures dans son jeune temps, pour sûr ! Tout cela est fort loin, mais il n'y a pas de prescription pour la loi divine. Oui, ce doit être cela : un mort mal enterré qui revient à l'existence, le chancre d'un péché ancien qui reprend vie et suppure. Le châtiment arrive, *pede claudo*, des années après que la mémoire a oublié la faute et que l'amour de soi l'a pardonnée ! »

Effrayé par cette pensée, l'avoué se mit à méditer sur son propre passé, fouillant tous les recoins de sa mémoire de peur qu'un vieux péché ne s'y terrât, qui pût, à l'occasion, bondir hors de l'oubli comme un diablotin de sa boîte. Il n'avait pas grand-chose à se reprocher ; peu d'hommes auraient pu compulser les rôles de leur vie avec moins d'appréhension et, pourtant, il se sentait couvert de honte par les nombreux manquements qu'il avait commis et heureux d'avoir échappé à bien d'autres tentations qui l'avaient assailli naguère. Revenant ensuite à son point de départ, il conçut une lueur d'espérance.

« Ce M. Hyde, pensa-t-il, doit avoir ses secrets à lui et, si l'on en croit sa figure, sa conscience ne peut qu'être lourdement chargée. Les turpitudes qu'il a dû perpétrer n'ont rien de comparable aux pires péchés du pauvre Jekyll. Les choses ne peuvent pas continuer ainsi. Cela me glace le cœur de penser à cet être qui se faufile comme un voleur jusqu'au chevet de Harry. Pauvre Harry ! Quel réveil ! Et puis quel danger aussi ! Supposons que ce Hyde arrive à connaître l'existence du testament. Dans son impatience d'hériter, il pourrait… Ah, non, il faut empêcher cela ! Mais qu'au moins Jekyll me laisse faire ! Qu'il me laisse faire ! »

Une fois de plus, avec la netteté d'une vision surnaturelle, il vit défiler, devant les yeux de son esprit, les clauses de l'étrange testament.

3
Le Dr Jekyll était parfaitement tranquille

Quinze jours plus tard, M. Utterson eut la bonne fortune d'être convié à l'un de ces fins soupers que le Dr Jekyll offrait régulièrement à cinq ou six de ses bons collègues, tous hommes avisés, bien réputés et amateurs de vin fin. M. Utterson s'arrangea pour rester après le départ des convives. Ce n'était pas la première fois qu'il agissait ainsi ; car les deux hommes s'entendaient parfaitement et aimaient à bavarder ensemble. Rien de plus agréable, après le tohu-bohu et les conversations générales, que la compagnie discrète d'un homme bon et taciturne, dont les silences affectueux vous reposent des commérages et des plaisanteries. Nombre d'hôtes retenaient ainsi notre brave avoué et le Dr Jekyll ne faisait pas exception à la règle. En le voyant assis au coin de la cheminée, solide quinquagénaire au visage calme et quelque peu malicieux, respirant l'intelligence et la bonté, vous auriez pu constater qu'il éprouvait pour M. Utterson une affection cordiale et sincère.

L'avoué prit la parole :

– Jekyll, je voudrais vous dire un mot. C'est à propos de votre testament.

Un observateur attentif aurait pu deviner que le sujet ne plaisait guère au médecin, mais celui-ci, surmontant son humeur, prit un ton enjoué pour répondre :

– Mon pauvre Utterson, je suis un client bien fâcheux ! Je n'ai jamais vu quelqu'un se forger autant de soucis que vous à l'endroit de ce malheureux testament. Vous me faites penser à Lanyon lorsqu'il me reproche mes hérésies scientifiques ! Oh, je sais bien. Lanyon est un excellent garçon – inutile de froncer le sourcil –, le meilleur des hommes et je m'en veux toujours de ne pas le fréquenter davantage, mais néanmoins, c'est un pédant renforcé, un ignorant et une vieille barbe. Scientifiquement parlant, jamais aucun homme ne m'a déçu davantage.

– Vous savez que je n'ai jamais approuvé cet olographe, reprit Utterson, revenant impitoyablement à ses moutons.

– Oui, oui, je le sais ! Vous me l'avez déjà dit.

– Eh bien, je vous le répète, car il m'est revenu quelque chose des errements de votre jeune Hyde.

Le beau visage du Dr Jekyll pâlit, ses lèvres se décolorèrent et une ombre passa sur ses yeux.

– Je ne désire pas en entendre plus, dit-il ; je pensais que nous ne reviendrions pas là-dessus.

– Mais ce que j'ai appris est abominable !

– Cela ne change rien. Vous ne comprenez pas, vous ne pouvez pas comprendre ma situation. Je suis dans une position critique, Utterson ; une position étrange, très étrange. Rien ne sert d'en parler, cela ne l'améliorerait pas.

– Mon cher Jekyll, vous me connaissez, n'est-ce pas ? Je suis un homme digne de confiance. Ouvrez-moi votre cœur ; dites-moi ce qui cloche et je ne doute point de vous sortir d'embarras.

– Mon brave Utterson, vous êtes très bon ! Votre dévouement vous honore et je ne saurais comment vous en remercier. Je vous crois sincèrement ; c'est à vous que je me fierais avant tout autre homme, avant moi-même si je pouvais choisir, mais n'allez pas vous faire de mauvaises idées. La chose n'est pas si grave et, pour vous mettre complètement à l'aise, je puis vous dire une chose : je suis en mesure de me débarrasser de ce M. Hyde aussitôt que je le voudrai. Je vous en donne ma parole et je vous remercie encore mille et mille fois de l'intérêt que vous me manifestez. Je n'ajouterai qu'un petit mot et j'espère que vous ne le prendrez pas en mauvaise part. Ceci est une affaire purement personnelle et je vous prie instamment de ne pas vous en occuper.

Utterson prit un temps de réflexion et regarda fixement le feu.

– Je ne doute pas que vous n'ayez parfaitement raison, dit-il enfin en se levant de sa chaise.

– Eh bien, puisque nous avons abordé cette question, pour la dernière fois je l'espère, continua le docteur, il y a un point que je voudrais vous faire comprendre. Je porte un grand intérêt à ce pauvre Hyde. Je sais que vous l'avez vu ; il me l'a dit et je crains qu'il ne vous ait paru malhonnête ; mais, soyez-en persuadé, ce jeune homme m'intéresse vivement, très vivement et si, par hasard, je venais à manquer, je voudrais, Utterson, que vous me promettiez d'être indulgent pour lui et d'agir en sorte que ses droits soient respectés. Vous n'hésiteriez certainement pas si vous connaissiez tous les détails de la cause ! Quand même, cela me soulagerait grandement l'esprit si vous vouliez bien me promettre cela !

– Vous ne pouvez quand même pas m'obliger à avoir de l'amitié pour lui !

– Non, non, je ne vous le demande pas. Écoutez-moi bien, Utterson ! Je vous demande seulement la stricte justice et je vous conjure de lui prêter aide quand je ne serai plus, par simple amour pour moi.

Utterson soupira profondément.

– Je vous le promets, dit-il.

4

Un mort dans la rue

Près d'un an plus tard, au mois d'octobre 18..., Londres était bouleversé par un crime d'une férocité inouïe, crime d'autant plus sensationnel que la victime occupait une position en vue. Peu de détails, mais combien effrayants ! Une petite bonne, qui habitait seule dans une maison proche de la Tamise, était montée se coucher vers les onze heures. Bien qu'un brouillard eût envahi la ville à partir de minuit, le ciel avait été clair jusque-là et la ruelle, sur laquelle donnait la fenêtre de la domestique, était brillamment illuminée par la pleine lune.

La jeune fille, à ce qu'il paraît, était d'humeur romantique. Elle s'était assise sur sa malle, dans l'embrasure de la fenêtre, et rêvait. « Jamais, déclara-t-elle lorsque, tout en larmes, elle vint raconter son aventure, jamais elle ne s'était sentie plus en paix avec l'humanité ou n'avait pensé au monde avec plus d'amour ! » Assise ainsi à sa fenêtre, elle aperçut un beau vieillard aux cheveux blancs qui s'avançait dans la ruelle. Un autre homme allait à sa rencontre, petit et insignifiant, et, tout d'abord, elle ne lui prêta pas attention. Quand ils furent à portée de voix l'un de l'autre (c'était juste sous la fenêtre de la jeune fille), le plus âgé des personnages s'inclina et aborda l'autre avec une exquise politesse. Le sujet de son discours ne semblait pas très important. Le vieillard, d'après ses gestes, devait seulement demander son chemin. Toutefois, la lune qui éclairait son visage le faisait paraître extrêmement sympathique. La jeune fille éprouvait du plaisir à le regarder, tant il respirait l'innocence et la bienveillance, une bienveillance désuète et en même temps une certaine fierté ; celle d'un homme en règle avec sa conscience.

L'instant d'après, la jeune fille jeta les yeux sur le second quidam et fut surprise de reconnaître en lui un certain M. Hyde à qui elle avait déjà ouvert la porte de son maître et dont le regard lui avait donné la chair de poule. Il se promenait en faisant des moulinets avec une énorme canne. Quand le vieillard lui parla, il ne répondit pas un mot, mais parut agité d'une certaine nervosité. Et puis, soudainement, il éclata en un accès de colère, frappant du pied, brandissant sa canne et se comportant, de l'aveu de la servante, comme un fou furieux. Le vieux monsieur recula d'un pas, l'air profondément surpris et quelque peu offensé. Sur ces entrefaites, M. Hyde entra dans une rage épouvantable et l'abattit d'un violent coup de canne. Atteint d'une fureur simiesque, il se mit alors à piétiner sa victime, faisant pleuvoir sur elle un orage de coups sous lesquels on entendit les os se disloquer et le corps rebondir sur la chaussée. Devant l'horreur d'un tel spectacle, la jeune fille s'évanouit.

Il était deux heures quand elle revint à elle et appela la police. Le meurtrier était depuis longtemps parti, mais sa victime gisait en plein milieu de la ruelle, incroyablement mutilée. La canne, arme du crime, s'était cassée en deux sous la violence de cette cruauté inouïe. Une moitié était allée rouler dans le ruisseau, l'autre, sans doute, avait été emportée par l'assassin. On trouva sur la victime une bourse et une montre en or, mais aucune carte de visite, aucun papier, hormis une enveloppe cachetée et timbrée portant le nom et l'adresse d'un certain M. Utterson. Probablement, le vieillard allait-il la mettre à la poste lorsqu'on l'avait attaqué.

Elle fut apportée à l'avoué le lendemain matin, alors qu'il reposait encore. Dès qu'il l'eut vue et que les circonstances du crime lui furent contées, il fit une moue solennelle.

– Je ne dirai rien tant que je n'aurai pas vu le corps, déclara-t-il. Cela peut être très sérieux. Ayez la bonté de m'attendre. Je vais m'habiller.

Là-dessus, avec la même gravité, il se hâta d'avaler son petit déjeuner et se rendit au commissariat où l'on avait porté le cadavre. Aussitôt entré dans la pièce, il s'inclina.

– Oui, dit-il, je reconnais la victime et j'ai le regret de vous dire que c'est sir Danvers Carew.

– Grand Dieu ! s'écria l'inspecteur de service. Est-ce donc possible ?

Le moment d'après, son œil brillait d'orgueil professionnel.

– Eh bien, ajouta-t-il, voilà qui va faire du bruit. C'est ce qu'on appelle le beau crime. Mais peut-être pouvez-vous nous aider à retrouver l'assassin ?

Brièvement, il narra à l'avoué ce que la jeune fille avait vu et lui montra le tronçon de canne.

À la mention du nom de Hyde, M. Utterson avait déjà frémi, mais quand il vit la canne devant lui, il ne lui fut plus possible de douter. En si piteux état qu'elle fût, il la reconnaissait sans difficulté pour l'avoir lui-même offerte à son ami Henry Jekyll plusieurs années auparavant.

– Ce M. Hyde est-il un homme de petite taille ? s'enquit-il.

– Très inférieure à la moyenne, répondit le policier, et puis la servante nous a dit que l'homme avait une apparence particulièrement méchante.

M. Utterson réfléchit, puis il releva la tête.

– Si vous voulez venir avec moi dans ma voiture, dit-il, je crois pouvoir vous mener chez lui.

Il était environ neuf heures du matin et le premier brouillard de la saison assombrissait la ville. Un grand voile couleur chocolat couvrait le ciel, mais le vent le déchirait sans cesse et faisait de grands trous dans ces vapeurs menaçantes. Au fur et à mesure que le fiacre passait de rue en rue, M. Utterson contemplait toute une gamme de crépuscules aux teintes variées. Ici les ombres du soir semblaient prêtes à tomber ; là, le ciel s'illuminait d'un éclat fauve, pareil à la réverbération d'un étrange incendie ; plus loin, le brouillard se dissipait pour un temps et un trait égaré de clarté brillait entre des brumes tourbillonnantes. Le sinistre quartier de Soho, sous ces lueurs changeantes, donnait l'impression d'un coin de ville de cauchemar : rues boueuses, passants négligés, réverbères jamais éteints ou rallumés en ce triste matin pour combattre la lugubre invasion des ténèbres ! L'esprit de M. Utterson s'emplissait des plus sombres pensées et quand il regardait son compagnon de route, il ressentait, pour sa propre part, cette sourde terreur de la loi et de ses représentants qui assaille parfois la conscience la plus honnête.

Comme le fiacre s'arrêtait devant la maison indiquée, le brouillard se leva quelque peu et il vit apparaître une rue fangeuse, un estaminet, un restaurant de basse classe, une boutique où l'on vendait à la fois des journaux illustrés et des bottes de cresson, plusieurs enfants en haillons, blottis sous les porches, et nombre de femmes aux nationalités variées, descendant de leurs taudis, leur clef à la main, pour boire un premier petit verre. Le moment d'après, l'épais brouillard brunâtre descendit à nouveau sur ce quartier infâme et lui en masqua les horreurs. Ainsi, le protégé de Henry Jekyll, le futur héritier de deux cent cinquante mille livres, avait choisi cette Suburre pour y établir son foyer !

Une vieille femme, au visage ivoirin et aux cheveux argentés, vint ouvrir la porte. Elle avait une expression satanique, adoucie par l'hypocrisie, mais elle était fort bien stylée.

– Oui, dit-elle, c'est ici qu'habite M. Hyde, mais il n'est pas encore rentré. Il est venu très tard cette nuit, mais il est ressorti de la maison moins d'une heure après.

Elle ajouta que de telles habitudes n'étaient pas exceptionnelles et que ce monsieur s'absentait souvent. Par exemple, il y avait près de deux mois qu'elle ne l'avait vu avant la brève apparition de cette nuit.

– Très bien, dit l'avoué, nous désirerions visiter son appartement.

Et quand la femme déclara la chose impossible :

– Je ferais mieux de vous présenter mon compagnon, ajouta-t-il. C'est l'inspecteur Newcomen, de Scotland Yard.

Le visage de la vieille s'illumina d'une joie diabolique.

– Ah, ah, dit-elle, il s'est fait pincer. Qu'est-ce qu'il a donc fait ?

M. Utterson et le policier échangèrent un regard.

– Pour sûr, remarqua le représentant de l'ordre, ce M. Hyde n'inspire pas la sympathie. Et maintenant, ma brave dame, laissez-nous, ce monsieur et moi, reconnaître un peu les lieux.

De toute la maison qui, à l'exception de la mégère, n'abritait que lui-même, M. Hyde occupait seulement une couple de pièces, meublées toutefois avec luxe et bon goût. Un placard était rempli de bonnes bouteilles ; la vaisselle était d'argent, le linge de table d'une grande élégance. Un tableau de maître décorait le mur, « cadeau de Henry Jekyll », supposa Utterson qui connaissait le goût distingué de son ami. Quant aux tapis, ils étaient moelleux et de couleurs variées.

Pour l'instant, toutefois, l'appartement portait les traces d'un désordre extraordinaire. Des habits gisaient à même le parquet, toutes leurs poches retournées. Des tiroirs se trouvaient ouverts et, dans l'âtre, les chenets étaient couverts de cendres grises, comme si l'on avait récemment brûlé des liasses et des liasses de papiers. De cet amas de cendres, le policier retira le talon d'un carnet de chèques, de couleur verte, qui avait résisté à l'action du feu. L'autre tronçon de la canne homicide fut découvert derrière la porte, et, comme cette trouvaille corroborait ses soupçons, l'inspecteur se déclara enchanté. Une visite à la banque, où l'on trouva plusieurs milliers de livres sterling au compte courant du meurtrier, compléta sa satisfaction.

— Cette fois-ci, dit-il à Utterson, nous tenons notre homme. Il a dû perdre la tête, sans quoi il n'aurait jamais laissé sa canne ni surtout brûlé le carnet de chèques. L'argent est le nerf de la guerre. Il faudra bien qu'il vienne à la banque pour toucher des fonds. Nous n'avons plus qu'à l'y attendre ou à donner son signalement.

La dernière de ces deux choses n'était pas précisément facile à obtenir, car M. Hyde comptait peu de familiers. L'employeur de la servante l'avait vu deux fois seulement et il était impossible de retrouver sa famille; personne ne possédait sa photographie. Les quelques témoins susceptibles de le décrire différaient du tout au tout dans leurs déclarations. Ils ne s'entendaient que sur un point: l'obsédante impression de monstruosité inexprimable qu'inspirait le fugitif à tous ceux qui l'avaient aperçu.

5
La lettre suspecte

L'après-midi était déjà fort avancé lorsque M. Utterson sonna chez le Dr Jekyll ; Poole le reçut immédiatement ; il lui fit traverser l'office et la cuisine, puis une cour qui, jadis, avait dû servir de jardin ; après quoi, il l'introduisit dans la bâtisse que l'on appelait indifféremment le laboratoire ou la salle de dissection. Le docteur avait racheté cette maison aux héritiers d'un chirurgien célèbre, mais, comme ses propres goûts concernaient plutôt la chimie que l'anatomie, il avait changé la destination des bâtiments du fond.

C'était la première fois que l'avoué pénétrait dans cette partie de la demeure ; il examina avec curiosité la sombre construction sans fenêtre, jeta un coup d'œil circulaire empreint de dégoût et d'étonnement sur les gradins de l'amphithéâtre, jadis bondé d'étudiants enthousiastes et maintenant nu et silencieux. Les tables étaient chargées de cornues et d'éprouvettes, le plancher jonché de cartons d'emballage et de paille ; une faible lumière tombait de la coupole embrumée. Tout au bout, un escalier conduisait à une porte capitonnée de rouge. Après l'avoir franchie, M. Utterson pénétra enfin dans le cabinet du docteur.

C'était une pièce spacieuse, garnie tout autour de vitrines, meublée, entre autres choses, d'une grande glace sur pied et d'un bureau ; elle prenait jour sur la courette par trois fenêtres poussiéreuses garnies de barreaux de fer. Le feu était allumé dans l'âtre, une lampe, allumée également, dominait le manteau de la cheminée, car, même dans les maisons, le brouillard avait commencé à se répandre. Là, assis tout près du feu, le Dr Jekyll rêvait, effroyablement pâle. Il ne se leva même pas pour accueillir son visiteur, mais lui tendit une main glacée et lui souhaita la bienvenue d'une voix profondément altérée.

– Alors, dit M. Utterson, aussitôt que Poole les eut laissés, vous connaissez la nouvelle ?

Le docteur frissonna.

– Ils l'ont assez claironnée dans le square. Je pouvais entendre les camelots depuis ma salle à manger.

– Je n'ai qu'une seule chose à vous dire. Carew était mon client, mais vous l'êtes aussi et je désire savoir ce qu'il me convient de faire. Vous n'avez pas poussé la folie jusqu'à cacher ce monstre ?

– Utterson, je jure devant Dieu que je ne le reverrai plus jamais. Je vous donne ma parole d'honneur que j'en ai fini avec lui dans ce bas monde. Tout est rompu entre nous. D'ailleurs, il n'a pas besoin de mon aide. Vous ne le connaissez pas aussi bien que moi. Il est en sécurité, personne ne peut rien contre lui. Retenez ce que je vous dis, personne n'entendra plus jamais parler de lui !

L'avoué écoutait d'un air sombre. Il n'aimait pas beaucoup la véhémence de son ami.

– Vous semblez bien sûr de son affaire, observa-t-il. Dans votre propre intérêt, je souhaite que vous ayez raison. Songez au scandale qui rejaillirait sur vous en cas de procès.

– Je suis absolument certain de lui, rétorqua Jekyll, et ma conviction repose sur des raisons que je ne puis dévoiler à personne. Toutefois, il y a une chose sur laquelle j'aimerais bien avoir votre avis. J'ai… j'ai… reçu une lettre et je me demande si je dois la montrer à la police. Je voudrais, Utterson, que vous me disiez franchement ce que vous en pensez, car vous êtes le meilleur juge. J'ai tellement confiance en vous !

– Vous craignez, j'imagine, que cette lettre ne le fasse découvrir.

– Non point ! Hyde ne m'intéresse plus. Je n'ai plus rien à voir avec lui. Je pensais seulement à ma réputation que cette lamentable affaire a plutôt compromise.

Utterson médita un moment. L'égoïsme de son ami le surprenait tout en le soulageant.

– Eh bien, dit-il enfin, montrez-moi cette lettre.

Le message, d'une écriture bizarre, toute droite, était signé Edward Hyde et disait assez brièvement que le bienfaiteur du signataire, le Dr Jekyll, envers lequel lui, Edward Hyde, avait si mal agi, ne devait pas s'alarmer pour sa sécurité, car il disposait, pour s'échapper, de moyens infaillibles.

L'avoué était, somme toute, assez content de cette lettre qui jetait, sur l'intimité des deux hommes, un jour meilleur qu'il n'avait d'abord supposé et il s'en voulut de ses anciens soupçons.

– Avez-vous l'enveloppe ? questionna-t-il.

– Je l'ai brûlée avant de penser à ce que je faisais. Il n'y avait pas de timbre. La lettre a été remise à l'un de mes domestiques.

– Dois-je la garder sans rien dire à personne ?

– Je vous laisse le soin d'en décider. Jugez pour moi, car j'ai perdu confiance en moi-même.

– Eh bien, je réfléchirai. Et maintenant, encore un dernier renseignement : c'est bien Hyde qui vous a dicté les termes de votre testament relatifs à une disparition éventuelle ?

Le docteur sembla sur le point de s'évanouir ; il serra les lèvres et pencha la tête.

– Je le savais bien, déclara Utterson, il voulait tout simplement vous assassiner. Vous l'avez échappé belle.

– Je n'en sais rien. J'ai surtout reçu ce que je méritais : une bonne leçon. Oh, mon Dieu, Utterson, quelle leçon ! Quelle leçon !

Ce disant, il se cachait le visage dans ses mains.

Avant de sortir, l'avoué s'arrêta pour parler à Poole.

– À propos, fit-il, on a donc apporté une lettre aujourd'hui ? Quelle allure le messager avait-il ?

Poole affirma que tout le courrier du jour était venu par la poste et qu'il ne consistait d'ailleurs qu'en circulaires sans importance.

En apprenant cela, Utterson sentit ses craintes redoubler. De toute évidence, la lettre était venue par la porte du laboratoire ; peut-être même avait-elle été écrite dans le cabinet. S'il en était ainsi, l'affaire prenait une tout autre tournure et il fallait agir avec encore plus de circonspection.

En revenant chez lui, il entendit les vendeurs de journaux qui s'enrouaient à crier le long des trottoirs : « Édition spéciale ! Un crime sensationnel ! La mort atroce d'un membre du Parlement ! » Telle était l'oraison funèbre d'un client et d'un ami et il ne pouvait s'empêcher de craindre que l'honneur d'un autre ne fût aspiré par le tourbillon du scandale. De toute façon, il avait un problème épineux à résoudre et, tout habitué qu'il fût à ne compter que sur lui, il se prit à désirer un avis, un conseil ! Directement, il ne pouvait le demander, mais peut-être l'obtiendrait-il par un subterfuge.

Peu après, il était assis au coin de sa propre cheminée avec M. Guest, son premier clerc, en face de lui. Entre eux deux, à une distance bien calculée de la flamme, l'avoué avait mis chambrer une bonne vieille bouteille de derrière les fagots. Le brouillard planait encore sur la ville enténébrée où les lampes brillaient comme des escarboucles et, à travers l'ouate épaisse des lourdes nuées, la circulation de l'immense métropole, roulant à vitesse réduite par les grandes artères, bruissait comme un vent puissant.

Le feu, toutefois, égayait la pièce. Dans la bouteille où l'acidité du cru s'était depuis longtemps dissipée, la couleur royale avait mûri avec le temps, tout comme la tonalité des grands vitraux gothiques devient plus somptueuse avec les siècles. Bientôt la bouteille dispenserait aux amateurs l'éclat des chauds après-midi d'automne sur les vieilles vignes de France, et les brouillards de Londres s'en trouveraient dispersés !

Insensiblement, l'avoué sentait son cœur mollir. M. Guest était l'homme pour lequel il avait le moins de secrets et il se demandait parfois s'il ne ferait pas mieux d'être un peu plus réservé avec lui. Guest avait été envoyé en mission chez le docteur ; il connaissait Poole, il avait dû apprendre l'existence de M. Hyde et ses visites dans la maison du square. Il pouvait donc tirer des conclusions. Ne valait-il pas mieux lui montrer une lettre qui éclairât ce mystère ? Pardessus tout, Guest avait une réputation de graphologue et considérerait une consultation comme un service bien naturel. Le clerc, au demeurant, était homme de bon conseil ; il ne lirait pas un document aussi singulier sans faire de commentaires et, suivant la teneur de ceux-ci, M. Utterson pourrait établir sa ligne de conduite.

—Cette histoire de sir Danvers, commença-t-il, est bien lamentable.

—Oui, monsieur, répondit Guest, les gens en ont été fort émus. De toute évidence, c'est un crime de fou !

—J'aimerais bien savoir ce que vous en pensez. J'ai ici un document rédigé de la main même du meurtrier et, entre nous soit dit, je ne sais qu'en faire. C'est pour le moins fort embarrassant. Quoi qu'il en soit, le voici ! La chose doit vous intéresser, un autographe d'assassin !

Les yeux de Guest brillèrent. Il s'assit aussitôt et se mit en devoir d'examiner le document. On le sentait prodigieusement intéressé. Enfin, il dit :

—Non, monsieur, ceci n'est pas l'écriture d'un fou, mais quand même c'est une drôle d'écriture.

Juste à ce moment, le domestique entra avec un billet.

– Est-ce du Dr Jekyll ? s'enquit le clerc. Je crois reconnaître l'écriture. Puis-je vous demander, monsieur Utterson ?…

– Oh, une simple invitation à dîner. Vous voulez la voir ?

– S'il vous plaît. Merci, monsieur !

Le clerc posa les deux feuilles de papier l'une près de l'autre et compara avec attention les écritures.

– Merci, monsieur, dit-il enfin en rendant les deux lettres. C'est là un autographe très intéressant.

Il y eut un silence pendant lequel M. Utterson luttait avec lui-même.

– Pourquoi avez-vous confronté ces deux lettres, Guest ? demanda-t-il soudainement.

– Oh bien, monsieur, répondit le clerc, il y a là une ressemblance assez singulière. Les deux écritures sont identiques sur bien des points, sauf que l'une est droite et l'autre penchée.

– Plutôt bizarre, dit Utterson.

– Oui, c'est plutôt bizarre.

– Je crois qu'il vaut mieux ne pas parler de cette lettre.

– Non, monsieur ! Je comprends cela.

M. Utterson ne fut pas plus tôt seul ce soir-là qu'il enferma la lettre dans son coffre-fort d'où elle ne devait plus jamais sortir.

« Quoi ! pensa-t-il. Henry Jekyll se faire faussaire pour sauver un assassin ! »

Et le sang se glaça dans ses veines.

6

La fin mystérieuse
du Dr Lanyon

Le temps suivit son cours ; la tête du meurtrier fut mise à prix pour des milliers de livres sterling, car sir Danvers était un homme populaire et sa mort avait été considérée comme un deuil national. Cependant, M. Hyde s'était évanoui aux yeux de la police, comme s'il n'avait jamais existé. On exhuma nombre de faits de son passé et tous étaient particulièrement atroces.

Des bruits transpirèrent sur la cruauté de cet homme, à la fois insensible et violent ; sur sa vie de stupres, ses étranges compagnons de débauche et sur la haine qui semblait s'attacher à sa personne ; mais du lieu où il se cachait, pas un mot !

Depuis le moment où il avait quitté sa maison de Soho, le matin du crime, il s'était littéralement dissipé en fumée. Au fur et à mesure que le temps passait, M. Utterson commençait à se remettre de ses alarmes, à se tranquilliser. Dans son opinion, la disparition de M. Hyde compensait largement la perte de sir Danvers. Maintenant que la fâcheuse influence n'agissait plus sur lui, le Dr Jekyll renaissait à la vie. Il sortit de son isolement, renoua avec ses amis, reprit son rôle d'invité de marque et d'hôte charmant. Jusqu'à présent, on l'avait connu pour un homme charitable ; désormais, il se distingua aussi par ses sentiments religieux. Il était affairé, sortait beaucoup, faisait le bien ; son visage s'épanouissait et rayonnait comme éclairé par la conscience intime du bel exemple qu'il donnait et, pendant plus de deux mois, le docteur vécut en paix.

Le 8 janvier, Utterson, en compagnie d'un petit nombre de convives, avait dîné chez Jekyll. Lanyon était là et leur hôte avait regardé ses deux anciens amis comme il le faisait naguère alors qu'ils formaient un vrai trio d'inséparables. Le 12, puis encore le 14 janvier, l'avoué trouva porte close.

Poole lui dit :

– Le docteur est malade et ne veut voir personne.

Le 15, Utterson fit une nouvelle tentative, mais ne réussit pas mieux que la veille. Étant accoutumé de rencontrer son ami presque chaque jour depuis les deux derniers mois, il ne laissa pas de trouver inquiétant ce renouveau de solitude. Le cinquième soir, il invita Guest à dîner avec lui et, le sixième, il se rendit chez le Dr Lanyon.

Là, du moins, on ne refusa pas de le recevoir, mais quand il entra, il fut médusé à la vue du changement dont témoignait l'aspect du docteur. Visiblement, il portait son arrêt de mort écrit sur sa figure. Son teint rose était devenu terreux, il avait considérablement maigri ; il paraissait plus chauve et plus vieux !

Et, pourtant, ce n'était point tant les symptômes d'une déchéance physique rapide qui retinrent l'attention de l'avoué. Il y avait dans le regard et dans

l'attitude de l'homme quelque chose d'effrayant et qui semblait révéler une angoisse intime d'une intensité sans pareille. Le docteur ne devait quand même pas craindre la mort et, cependant, c'est cela qu'Utterson était tenté de soupçonner !

« Oui, pensa-t-il, il est médecin, il doit connaître son propre état et savoir que ses jours sont comptés ; la proximité de l'échéance fatale le terrifie. »

Toutefois, lorsque Utterson, plein de sollicitude, s'inquiéta de sa mauvaise mine, Lanyon lui déclara avec une grande fermeté qu'il se savait condamné.

– J'ai reçu un choc, expliqua-t-il, et je ne m'en remettrai jamais. Je n'en ai plus que pour quelques semaines. Après tout, la vie a eu de bons côtés ; je l'ai aimée. Oui, Utterson, j'aimais la vie, mais je crois quelquefois qu'il vaut mieux ignorer certaines choses, car, si nous savions tout, nous n'hésiterions pas à nous supprimer.

– Jekyll est malade aussi, repartit Utterson. L'avez-vous vu ?

À ces mots, Lanyon changea de visage ; il leva une main tremblante et dit d'une voix mal assurée :

– Ne me parlez pas du Dr Jekyll. J'ai rompu toutes relations avec cet homme et je vous prierais de bien vouloir m'épargner toute allusion à son égard. Je le considère comme mort.

– Ah, bah! dit Utterson.

Et puis, après une pause assez longue :

– Ne pourrais-je faire quelque chose ? demanda-t-il. Nous sommes trois vieux amis, Lanyon, et il est trop tard pour songer à en retrouver d'autres.

– Il n'y a rien à faire. Demandez plutôt à Jekyll lui-même.

– Il ne veut plus me voir.

– Je n'en suis pas surpris. Un jour viendra, Utterson, après que je serai mort, où vous finirez par connaître toute l'histoire. Je ne peux rien vous dire maintenant. En attendant, s'il vous plaît de vous asseoir là et de m'entretenir d'autres sujets, pour l'amour de Dieu, restez et causons ; mais si vous ne pouvez pas détourner votre esprit de cette maudite affaire, alors, au nom de Dieu, partez, car je ne puis le supporter !

Dès qu'il fut rentré chez lui, Utterson s'assit à son bureau et écrivit à Jekyll pour se plaindre de son obstination à lui fermer sa porte et pour lui demander la raison de cette malheureuse rupture avec Lanyon. Le lendemain, il reçut une longue réponse, souvent exprimée d'une façon très pathétique, mais, par endroits, fort mystérieuse. La rupture avec Lanyon était définitive.

Je ne blâme pas notre vieil ami, disait la lettre, *mais je partage son avis que nous ne devons plus jamais nous revoir. Dès à présent, je compte mener une vie d'isole-*

ment absolu. Ne soyez donc pas surpris et ne doutez point de mon amitié si ma porte vous reste obstinément close. Laissez-moi suivre seul le chemin de l'abîme. Je me suis attiré un châtiment et un danger me menace que je ne puis nommer. Si je suis le plus grand des pécheurs, je suis aussi le plus malheureux des hommes. Je ne me doutais pas que, sur terre, il pût exister de telles souffrances et de telles terreurs. Une seule chose, Utterson, peut alléger ma destinée, c'est de savoir que vous respecterez mon silence.

Ce billet laissa Utterson atterré. Hé quoi ! La néfaste influence de Hyde n'existait plus, le docteur était revenu à ses anciens travaux, à ses vieilles amitiés ; une semaine auparavant, l'avenir lui souriait et semblait lui promettre une vieillesse heureuse et honorée ! Et à présent, en un tournemain, amitiés, sérénité de l'esprit, paix du cœur, intérêt de la vie, tout s'était effondré ! Un changement si grand et si imprévu n'indiquait-il point la folie ? Pourtant, si l'on tenait compte des manières et des paroles de Lanyon, il devait y avoir une cause plus profonde.

Huit jours plus tard, le Dr Lanyon s'alita et une quinzaine ne s'était pas écoulée qu'il mourait.

Le soir de l'enterrement, auquel Utterson avait assisté avec une profonde tristesse, l'avoué s'enferma dans son étude et, assis auprès de la mélancolique lumière d'une bougie, plaça devant lui une enveloppe au sceau et à l'écriture de son ami défunt. La suscription disait : *Confidentiel, à remettre personnellement au seul J. G. Utterson et, au cas où il mourrait avant moi, à détruire sans lire.*

L'avoué pensa : « J'ai enterré un ami aujourd'hui, et, peut-être, ce pli va m'en faire perdre un autre. »

Condamnant cette peur comme déloyale, il rompit les sceaux. À l'intérieur, il ne trouva qu'une autre enveloppe, également cachetée et sur laquelle on pouvait lire : *À ne pas ouvrir avant la mort ou la disparition du Dr Henry Jekyll.*

Utterson n'en pouvait croire ses yeux. Oui ! Il y avait bien « disparition ». Ici encore, comme dans le testament insensé qu'il avait depuis longtemps restitué à son auteur, ici encore se retrouvaient l'idée de disparition et le nom de Henry Jekyll accouplés. Or, dans le testament, cette idée provenait de la sinistre suggestion du monstre Hyde ; ici, elle apparaissait dans un but évident et horrible. Et c'était la main de Lanyon qui avait écrit cela ! Qu'est-ce que cette chose pouvait bien vouloir dire ? Le dépositaire, en proie à une extrême curiosité, fut un instant tenté de faire fi de l'interdiction et de percer immédiatement tous ces mystères ; mais l'honneur professionnel et la foi jurée à l'ami défunt étaient de strictes obligations, si bien que le paquet fut soigneusement placé dans le coin le plus secret de son coffre personnel. Mortifier sa curiosité est une chose, la vaincre en est une autre et l'on peut se demander si, à partir de ce jour, Utterson désira la société de son ami survivant avec la même vivacité. Il l'aimait toujours beaucoup, certes, mais ses pensées étaient angoissées et craintives. À plusieurs reprises, il tenta de lui rendre visite, mais, toutes les fois, il trouva porte close et en fut presque soulagé. Au fond, il préférait encore causer avec Poole, sur le seuil de la demeure, entouré de l'atmosphère et du bruit de la capitale, plutôt que d'être admis dans cet antre de séquestré volontaire et de s'entretenir avec cet impénétrable reclus.

Poole, à dire vrai, n'avait pas de bien bonnes nouvelles à communiquer. Le docteur, semblait-il, se confinait plus que jamais dans le cabinet au-dessus du laboratoire. Il y dormait même quelquefois. Il était abattu, silencieux, ne lisait plus, semblait accablé par un fardeau spirituel. Utterson s'était tellement bien habitué à l'uniformité de ces réponses que, peu à peu, il espaça ses visites.

7
Un homme à la fenêtre

Le hasard voulut que, le dimanche suivant, M. Utterson, faisant sa promenade habituelle en compagnie de M. Enfield, se retrouvât une fois encore dans la petite rue. Parvenus en face de la porte, les deux amis s'arrêtèrent pour la contempler.

– Eh bien, dit Enfield, cette histoire est enfin terminée. Nous ne reverrons plus ce M. Hyde.

– Je l'espère bien, répondit M. Utterson. Savez-vous qu'il m'est arrivé, à moi aussi, de le rencontrer et qu'il m'a inspiré autant de dégoût qu'à vous-même ?

– Il ne pouvait guère en être autrement ! Mais, à propos, vous avez dû me croire bien sot d'ignorer que cette porte est une entrée de derrière donnant accès à la maison du Dr Jekyll. Si je l'ai découvert, c'est en partie grâce à vous.

– Ah, ah ! vous avez découvert cela ! Alors, si tel est le cas, nous pouvons bien entrer dans la cour et jeter un coup d'œil aux fenêtres. Pour ne rien vous cacher, j'ai des craintes au sujet de ce pauvre Jekyll et j'ai l'impression que la présence d'un ami, même à l'extérieur de sa maison, pourrait lui faire du bien.

La cour était très fraîche et un peu humide, envahie par une pénombre prématurée, encore que le ciel, tout là-haut, s'illuminât des feux du soleil couchant. Des trois fenêtres, celle du milieu semblait entrouverte. En se rapprochant, Utterson aperçut soudain le Dr Jekyll qui, avec une expression de tristesse infinie, prenait l'air à la manière de quelque morne captif.

– Hep là, Jekyll ! lui lança-t-il. Vous allez mieux à ce qu'il paraît.

– Non, Utterson, je me sens très mal, répliqua le docteur d'un air lugubre, mais j'espère que cela sera bientôt fini, Dieu merci !

– Vous restez trop enfermé, repartit l'avoué. Vous devriez sortir. Rien de tel pour activer la circulation. Voyez plutôt M. Enfield et moi ! Permettez-moi de vous présenter : mon cousin, M. Enfield – le Dr Jekyll ! Allons, mon vieux, prenez votre chapeau et venez faire un petit tour avec nous.

L'homme à la fenêtre soupira.

– Vous êtes bien aimables, dit-il, et je serais heureux de sortir en votre compagnie, mais hélas ! c'est tout à fait impossible. Non, non, je n'ose m'y risquer. Quand même, Utterson, je suis ravi de vous voir ! C'est pour moi un grand, très grand plaisir ! Je vous demanderais bien de monter avec M. Enfield, mais l'endroit n'est vraiment pas convenable.

–Oh, bien ! fit l'avoué avec complaisance, le mieux n'est-il pas que nous restions, là en bas, à parler un instant avec vous ?

–C'est ce que j'allais vous proposer, repartit le docteur avec un sourire.

Mais ces paroles avaient été à peine prononcées que le sourire se figeait sur ses traits et faisait place à une expression de terreur et de désespoir si atroce que les deux promeneurs, au pied de la fenêtre, sentirent le sang se glacer dans leurs veines. La chose ne leur était apparue que l'espace d'un éclair, car la fenêtre s'était instantanément refermée, mais cet éclair avait suffi. Tournant les talons, ils quittèrent la cour sans échanger une parole. Dans le même silence, ils remontèrent la petite rue et ce fut seulement lorsqu'ils eurent atteint l'avenue voisine où, malgré la solitude du dimanche, une certaine animation régnait encore, que M. Utterson se détourna enfin et regarda son compagnon. Tous deux étaient mortellement pâles et la même expression de terreur s'apercevait dans leurs yeux.

– Dieu nous envoie sa miséricorde ! s'exclama Utterson.

Mais M. Enfield secoua gravement la tête et reprit sa marche en silence.

8
La dernière nuit

Un soir, après dîner, M. Utterson était assis au coin du feu, lorsqu'il eut la surprise de recevoir la visite de Poole.

– Bonté divine, Poole ! Que venez-vous faire ici ? s'exclama-t-il.

Puis le regardant une seconde fois :

– Qu'est-ce que vous avez ? ajouta-t-il. Le docteur est-il malade ?

– Monsieur Utterson, répondit l'homme, il y a quelque chose qui ne va pas.

– Asseyez-vous, dit l'avoué, et buvez ce verre de vin. Maintenant, prenez votre temps et dites-moi tout simplement ce qui vous tourmente.

Poole répliqua :

– Vous connaissez les façons du docteur, monsieur, et ses manies de s'enfermer. Eh bien ! il s'est encore enfermé dans son cabinet et je n'aime pas cela, monsieur. Qu'on me pende si j'aime cela, monsieur Utterson ! J'ai… j'ai peur.

– Allons, mon brave, expliquez-vous ! De quoi auriez-vous peur ?

– Voilà une semaine que cela dure et je ne puis plus y tenir !

L'aspect de l'homme confirmait ses dires. Il avait grandement changé et, sauf au moment où il s'était déclaré terrifié, il n'avait pas une seule fois regardé l'avoué en face. En cet instant même, assis sur sa chaise, il tenait sur son genou son verre de vin intact et, les yeux dirigés vers un coin du parquet, s'obstinait à répéter :

– Je ne puis plus y tenir, je ne puis plus y tenir !

– Allons, dit l'avoué, vous devez avoir quelques bonnes raisons pour agir ainsi. Il y a quelque chose qui ne va vraiment pas, hein ? Essayez de me dire ce qui se passe.

– Ça doit être un crime, répondit Poole d'une voix rauque.

– Un crime ! s'écria l'avoué passablement effrayé et, par voie de conséquence, un peu en colère. Quel crime ? Qu'est-ce que cela veut dire ?

– Je n'ose pas parler, monsieur Utterson, mais voulez-vous venir avec moi jusqu'à la maison ? Vous verrez vous-même !

Pour toute réponse, M. Utterson se leva, décrocha son pardessus et son chapeau, assez étonné de voir l'expression de soulagement qui se peignit aussitôt sur les traits du maître d'hôtel. L'homme n'avait pas vidé son verre !

Cette nuit-là était une vraie nuit de mars, venteuse et froide, avec un pâle croissant de lune couché sur le dos comme si le vent l'avait culbuté et, en dessous de lui, une écharpe de nuages étirant sa gaze vaporeuse. Le vent rendait la conversation difficile et vous congestionnait le visage. On aurait dit qu'il avait balayé les rues de leurs passants, tant la ville était déserte. M. Utterson ne l'avait jamais vue ainsi et il aurait bien voulu qu'il en fût autrement. Jamais, de toute son existence, il ne s'était senti un tel désir d'apercevoir ou de toucher une créature humaine, car il avait beau faire, son esprit s'angoissait comme à l'approche d'une catastrophe. Quand ils arrivèrent

dans le square, ils le trouvèrent tout plein de vent et de poussière et les grêles arbres du jardin se meurtrissaient aux barreaux de la grille. Poole, qui avait pris les devants, s'arrêta droit au milieu du trottoir et, malgré la température, retira son chapeau pour s'éponger le front avec son mouchoir rouge. Mais la sueur qu'il essuyait ainsi n'était pas due à la précipitation de sa démarche. Ce n'était point là le signe de l'effort, mais la froide rosée de quelque angoisse innommable. Il était blême, et, quand il parla, sa voix n'arrivait pas à sortir.

– Nous y voilà, monsieur, balbutia-t-il, et Dieu fasse qu'il ne se soit rien passé de mal !

– Ainsi soit-il, Poole ! repartit l'avoué.

Là-dessus, le serviteur frappa très discrètement. La porte s'entrebâilla, maintenue par sa chaîne et, de l'intérieur, une voix s'enquit :

– Est-ce bien vous, Poole ?

– Oui, c'est moi. Ouvrez la porte !

Le hall où ils entrèrent était brillamment éclairé ; un grand feu brûlait dans l'âtre et, autour de celui-ci, tous les domestiques, hommes et femmes, se tenaient rassemblés, blottis peureusement les uns contre les autres, tel un troupeau de moutons. À la vue de M. Utterson, une femme de chambre se mit à sangloter et la cuisinière s'écria :

– Dieu soit béni, voilà M. Utterson !

Puis elle se précipita vers son supérieur comme si elle eût voulu se jeter dans ses bras.

– Comment ? s'écria l'avoué d'un air autoritaire.
Que signifie cette réunion nocturne ? Voilà qui est
contraire à tous les règlements, à tous les bons usages !
Si votre maître vous voyait, il serait fort mécontent.

Poole murmura :

– Ils ont tous peur !

Aucune réaction, aucune protestation ; dans le
silence universel, la femme de chambre se mit à pleurer plus fort.

– La paix ! lui ordonna Poole avec un accent féroce,
preuve que ses nerfs, à lui aussi, étaient soumis à rude
épreuve.

En fait, quand la jeune fille avait haussé le ton de
ses lamentations, ils avaient tous tressailli et s'étaient

tournés vers la porte intérieure avec, sur leurs visages, une expression d'attente terrifiée.

– Et maintenant, continua le maître d'hôtel, en s'adressant à un marmiton, va me chercher une bougie et nous en terminerons avec cette affaire.

Ensuite, il pria M. Utterson de le suivre et il le conduisit dans le jardin, derrière la maison.

– Maintenant, monsieur, dit-il, venez aussi doucement que possible. Je veux que vous entendiez, mais je ne veux pas qu'on vous entende. Et attention à une chose ! Si, par hasard, il vous priait d'entrer, n'entrez pas !

Cette conclusion inattendue fit si bien sursauter M. Utterson qu'il en faillit perdre l'équilibre ; cependant, rassemblant toute son énergie, il suivit le maître d'hôtel, d'abord dans le laboratoire, puis dans l'amphithéâtre encombré de cartons et de flacons pharmaceutiques. De là, les deux hommes gagnèrent le pied de l'escalier. À ce moment, Poole fit signe à M. Utterson de se mettre de côté et d'écouter attentivement, tandis que lui-même, posant la bougie sur les marches et prenant son courage à deux mains, montait jusqu'à la porte du cabinet où, d'un doigt quelque peu hésitant, il frappait contre le capitonnage écarlate.

– C'est M. Utterson, docteur. Il voudrait vous voir.

Tout en parlant ainsi, il gesticulait violemment pour faire comprendre à l'avoué qu'il eût à prêter l'oreille.

De l'intérieur, une voix répondit :

— Dites-lui que je ne veux pas le recevoir.

— Bien, docteur, répondit Poole, avec un accent de triomphe.

Puis, reprenant sa bougie, il reconduisit M. Utterson dans la cour. De là, ils passèrent dans la grande cuisine où le feu était à présent éteint et où des criquets sautaient sur le plancher.

Poole regarda M. Utterson droit dans les yeux.

— Eh bien, monsieur, lui dit-il, était-ce la voix de mon maître ?

— Elle me semble avoir beaucoup changé, répliqua l'avoué très pâle et rendant regard pour regard.

— Changé ? Vous pouvez le dire ! Voici vingt ans que je suis dans la maison du docteur et je crois connaître sa voix. Non, monsieur, ce n'est pas elle. Le docteur a été assassiné ! Il a été assassiné il y a huit jours quand nous l'avons entendu implorer le saint nom de Dieu et, pour ce qui est de l'homme là-dedans, nous le connaissons tous ! C'est d'une criante évidence !

— Voici une histoire bien étrange, Poole, une histoire abracadabrante, mon garçon.

Pendant ce temps, M. Utterson se mordait le bout des doigts.

— Supposez qu'il en soit comme vous le pensez, supposez que le Dr Jekyll ait été… hum ! assassiné, pourquoi le meurtrier s'attarderait-il ici ? Ce raisonnement ne tient pas debout ; il est inconciliable avec le bon sens.

– Monsieur Utterson, vous êtes un homme difficile à persuader, mais je crois pouvoir vous convaincre. Pendant toute cette dernière semaine – il faut que vous sachiez cela – l'homme ou la bête, l'être ou la chose qui vit dans ce cabinet n'a pas cessé de pleurer nuit et jour et de réclamer un genre de médicament qu'il n'arrive pas à obtenir à son idée.

C'était une des habitudes du patron d'écrire ses commandes sur une feuille de papier qu'il jetait sur les marches. Pendant toute cette semaine, nous avons eu des messages de cette sorte ; rien que des bouts de papier devant une porte close qui ne s'ouvrait, en l'absence de tout témoin, que pour recueillir les repas que nous posions sur le paillasson. Eh bien, monsieur, tous les jours, deux et même trois fois dans la même journée, il y a eu des commandes ou des réclamations et j'ai dû faire la tournée de tous les pharmaciens en gros de Londres. Toutes les fois que je rapportais la drogue, je trouvais un autre papier m'enjoignant d'aller la reporter parce qu'elle n'était pas pure ; et puis, il y avait un ordre pour une maison différente. Il faut croire que celui qui est là-dedans a diablement besoin de ce remède !

– Pourriez-vous me montrer un de ces papiers ? demanda M. Utterson.

Poole fouilla dans sa poche et en ressortit un billet tout chiffonné que l'avoué examina soigneusement à la lueur de la bougie. Il était ainsi rédigé :

Le Dr Jekyll présente ses meilleurs compliments à Messieurs Maw & Co. Il se voit obligé de leur répéter que leur dernier échantillon est impur et qu'il ne convient en aucune manière aux expériences qu'il poursuit. Au cours de l'année 18..., le Dr Jekyll avait obtenu de votre maison d'assez importantes quantités de ce médicament. Il vous prie instamment de vous livrer aux plus diligentes recherches et, si toutefois vous retrouvez un peu de l'ancien produit, de bien vouloir le lui faire tenir immédiatement. Le coût de la marchandise n'entre pas en ligne de compte, car le Dr Jekyll y attache la plus grande impor-tance. Jusque-là, la lettre avait une allure assez nor-male, mais, après cette phrase, la plume avait sou-dain craché et l'émotion du scripteur s'était donné libre cours. *Pour l'amour de Dieu,* avait-il ajouté, *trouvez-moi un peu de l'ancien produit !*

– Voilà un billet bien étrange, commenta M. Utterson.

Puis, dévisageant Poole d'un air sévère :

– Comment se fait-il que vous l'ayez décacheté ?

– Oh, ce n'est pas moi, monsieur. Le potard de chez Maw était furieux et m'a jeté ce papier au visage sitôt après l'avoir lu.

– Ceci est, sans aucun doute, l'écriture du docteur, n'est-ce pas ? reprit l'avoué.

Le domestique prit un air méditatif et un peu boudeur.

– Oui, dit-il, cela lui ressemble assez, mais à quoi bon discuter sur des questions d'écriture ? J'ai vu l'homme !

– Vous avez vu l'homme ? Quel homme ?

– Eh bien, voilà ! Je rentrais du jardin et j'ai voulu pénétrer dans la salle d'opération. Il avait dû venir chercher sa drogue ou quelque chose d'autre, car la porte du cabinet était ouverte et il était là-bas, à l'autre bout de la pièce, en train de fourrager parmi les emballages. Il leva les yeux quand il m'entendit, poussa une espèce de cri et remonta, quatre à quatre, dans son cabinet. Je l'ai vu l'espace d'un éclair, mais cela m'a fait dresser les cheveux sur la tête. Dites-moi, monsieur, si c'était mon maître, pourquoi portait-il un masque ? Si c'était mon maître, pourquoi se serait-il mis à crier comme un putois et à s'enfuir à mon approche ? Il y a assez longtemps que je le sers, et puis encore…

L'homme s'arrêta et se passa la main sur le visage. M. Utterson reprit :

– Toutes ces circonstances sont bien étranges, mais je crois commencer à y voir clair. Votre maître, Poole, est, de toute évidence, atteint d'une de ces maladies qui torturent en même temps qu'elles déforment le patient. Cela explique, pour autant que je sache, l'altération de sa voix, le port de ce masque et l'insistance qu'il met à fuir ses proches ; ceci explique aussi son anxiété de trouver le médicament grâce auquel la pauvre âme espère encore se sauver. Dieu veuille que son attente ne soit pas déçue ! Voici ma version, Poole. Elle est triste, elle est tragique, mais elle est simple, naturelle, cohérente, raisonnable et nous libère de nos alarmes les plus graves.

Le maître d'hôtel ne paraissait pas convaincu et son visage restait blême.

– Monsieur, articula-t-il avec peine, l'être qui est là-dedans n'est pas mon maître et c'est là pure vérité. Mon maître – ici il jeta des regards apeurés tout autour de lui et se mit à parler à voix basse –, mon maître est un homme grand et bien bâti et c'est une sorte de nain que j'ai vu dans l'amphithéâtre !

M. Utterson essaya de protester, mais le domestique s'écria :

– Non, monsieur ! Voilà vingt ans que je vis avec le docteur et vous croyez que je ne le reconnaîtrais pas ? Vous croyez que je ne saurais pas dire à quelle hauteur arrive sa tête à la porte de son cabinet alors que je l'ai vue tous les matins de mon existence ? Non, monsieur, l'être au masque n'a jamais été le Dr Jekyll. Dieu seul sait ce qu'il est mais, je le répète, ce n'est pas le Dr Jekyll et j'ai la conviction intime qu'on l'a assassiné.

– Poole, si vous parlez ainsi, mon devoir va être de m'en assurer. Malgré mon désir de ne pas causer de peine à votre maître, malgré mon embarras à la vue de ce billet qui semble le prouver toujours vivant, je me tiendrai pour obligé d'enfoncer cette porte.

– À la bonne heure, monsieur Utterson ! Voilà ce qui s'appelle parler !

– Mais ce n'est pas tout, mon garçon. Qui est-ce qui va se charger de l'opération ?

– Vous et moi, parbleu !

– C'est fort bien dit et, quoi qu'il arrive, je veillerai à ce que vous n'y perdiez pas votre situation.

– Il y a une hache dans l'amphithéâtre, continua Poole, et vous pourriez, quant à vous, prendre le grand tisonnier de la cuisine.

L'avoué s'empara de l'engin qu'il soupesa rêveusement.

– Savez-vous bien, Poole, dit-il en levant les yeux, que nous allons courir certains risques.

– Ça, vous pouvez bien le dire !

– Dans ce cas alors, il vaut mieux jouer cartes sur table. Nous avons tous deux une idée derrière la tête. Soyons francs ! Ce personnage masqué que vous avez vu, l'avez-vous reconnu ?

– Oh, bien, monsieur, les choses se sont passées si vite et l'être courbait à tel point l'échine que je n'oserais pas en mettre ma main au feu, mais si vous pensez que ce soit là M. Hyde, eh bien je partage votre avis ! Cela avait à peu près la même grosseur, la même agilité. Et puis, qui d'autre aurait pu s'introduire par la porte du laboratoire ? Vous n'avez pas oublié, monsieur, qu'au moment du crime Hyde avait encore la clef sur lui. Mais ce n'est pas tout ! Voyons, monsieur Utterson, avez-vous déjà rencontré cet individu ?

– Oui, Poole, je lui ai parlé.

– Alors vous savez certainement, tout comme nous autres, que ce monsieur a une drôle d'allure, qu'il y a en lui… Je ne sais comment vous dire cela, monsieur. On a, en le voyant, une impression bizarre, un frisson qui vous court par l'échine.

– Je dois avouer que j'ai éprouvé une sensation analogue, murmura M. Utterson.

– Quand je vous le disais, monsieur ! reprit Poole. Eh bien, lorsque cet être masqué a bondi, tel un singe, d'entre les boîtes de pharmacie pour s'enfuir dans le cabinet, il m'a semblé qu'une eau glacée me coulait dans la moelle. Bien sûr, monsieur Utterson, cela ne prouve rien ! Je suis assez instruit pour m'en rendre compte. Mais un homme a quand même des intuitions et, foi de chrétien, les miennes m'assurent que c'était M. Hyde.

L'avoué hocha la tête.

– Hé oui, mon brave, mes craintes sont toutes pareilles aux vôtres. Qui sème le vent… Oui, en vérité, je vous crois. Je crois que le pauvre Henry a été assassiné et je crois que son meurtrier – dans quel dessein, Dieu seul peut le savoir – s'est enfermé dans la chambre de sa victime. Allons, nous avons un mort à venger. Faites venir Bradshaw !

Le valet de pied répondit à l'appel, très pâle et tout tremblant.

– Voyons, Bradshaw, dit l'avoué, ne faites pas la poule mouillée. Je comprends que ce mystère vous mette à tous les nerfs en pelote, mais nous avons décidé d'en finir. Poole et moi, nous allons enfoncer la porte du cabinet. Si ce n'est qu'une fausse alerte, je serai seul à encourir le blâme, car je prends tout sous ma responsabilité. En attendant, pour parer à toute éventualité fâcheuse ou pour empêcher tout malfaiteur de s'échapper par-derrière, vous vous posterez avec le marmiton à la porte du laboratoire, armés chacun de deux bons gourdins. Vous avez dix minutes pour vous rendre à vos postes.

Au départ de Bradshaw, l'avoué consulta sa montre.

– Et maintenant, Poole, dit-il, à l'ouvrage !

Prenant le tisonnier sous son bras, il s'avança dans la cour, suivi du maître d'hôtel. La lune s'était cachée derrière l'écran de nuages, la nuit était complète, opaque. Le vent, qui soufflait par bouffées dans cette espèce de puits que formaient les murs des maisons, faisait vaciller la lumière de leur bougie. Arrivés sous le couvert de l'amphithéâtre, ils s'assirent silencieusement sur les marches pour attendre. On entendait au loin le bourdonnement grave de la capitale, mais un son plus proche se détachait sur cet arrière-plan sonore : celui d'un pas qui allait et venait sans arrêt, sans relâche, sur le plancher du cabinet.

– C'est bien cela, chuchota Poole ; il passe toute la journée et la plus grande partie de la nuit à marcher. Il ne s'interrompt que lorsqu'un nouvel échantillon lui parvient de la pharmacie. Ah ! il doit avoir une bien vilaine conscience pour ne pouvoir dormir ! Toute cette affaire, monsieur, pue le sang ! Mais écoutez, écoutez-moi bien le bruit de ces pas, monsieur Utterson, et dites-moi si c'est là la démarche du docteur !

Le pas était irrégulier, très léger et, malgré sa lenteur, il donnait l'impression d'une élasticité extraordinaire. Rien de plus différent des lourdes et bruyantes foulées du Dr Henry Jekyll. Utterson soupira.

– Et c'est tout ce que l'on entend ? demanda-t-il.

Poole secoua la tête :

– Oui, dit-il, sauf qu'une fois j'ai entendu pleurer.

– Pleurer ! Comment cela ? s'écria l'avoué soudainement horrifié.

– On aurait dit d'une femme ou d'une âme en peine et c'était si triste que j'ai bien failli pleurer moi aussi.

Les dix minutes tiraient à leur fin. Poole alla chercher la hache qui se trouvait sous un tas de paille d'emballage. La bougie fut placée sur la table la plus proche, afin d'éclairer la scène, et les deux hommes, le souffle court, se rapprochèrent de la pièce mystérieuse où ce pas continuel allait, venait et revenait dans le silence nocturne.

– Docteur Jekyll, cria Utterson d'une voix forte. Je veux absolument vous voir.

Aucune réponse ! L'avoué reprit :

– Je vous avertis loyalement que nous avons des soupçons. Il faut que je vous voie et je vous verrai, dussé-je employer la force et me mettre en contravention avec la loi !

– Utterson, gémit la voix, pour l'amour de Dieu, ayez pitié !

– Oh, mais, s'écria Utterson, ce n'est pas là la voix du Dr Jekyll… C'est celle de Hyde. Allons-y, Poole, enfonçons la porte !

Poole balança la hache par-dessus son épaule. Le coup s'abattit, faisant frémir toute la demeure, et puis la porte capitonnée de rouge dansa sur ses gonds. Un cri aigu, sinistre, plus semblable à celui d'une bête terrifiée qu'à celui d'une créature humaine, se fit entendre à l'intérieur du cabinet. De nouveau, la hache s'abattit, de nouveau les panneaux craquèrent et le chambranle frémit. Quatre fois encore, la hache tomba, mais le bois était dur, les gonds et la serrure remarquablement solides ; au cinquième coup seulement, la serrure tomba en pièces et la porte démantibulée s'écroula sur le tapis.

Dans le silence qui suivit, les assiégeants, effrayés de leur propre vacarme, se reculèrent un peu pour regarder la scène. À leurs yeux s'offrait le confortable cabinet du docteur, dont la lampe répandait une douce clarté et dont l'âtre brûlait joyeusement, tandis qu'une bouilloire chantait sur les chenets. Un ou deux tiroirs du secrétaire étaient ouverts. Des papiers se trouvaient rangés en bon ordre sur le bureau et, tout près du feu, sur une petite table, il y avait tout ce qu'il fallait pour le thé. Quel calme ! N'eût été la présence de grandes vitrines remplies de produits pharmaceutiques, on n'aurait pas pu trouver à Londres séjour plus banal.

Au milieu de la pièce gisait un homme affreusement convulsé et dont les membres étaient parcourus d'un dernier spasme. Les deux intrus s'avancèrent sur la pointe des pieds, retournèrent le corps et contemplèrent le visage d'Edward Hyde. Il portait des vêtements bien trop grands pour lui, des vêtements à la taille du docteur. Le visage grimaçait encore d'un semblant de vie, mais le monstre était bien mort. À la vue du flacon serré dans la main du cadavre et à la forte odeur de noyau qui alourdissait l'air, Utterson comprit que le misérable s'était détruit à l'acide prussique.

– Trop tard, dit-il d'un air sombre. Nous sommes arrivés trop tard pour sauver ou pour punir. Hyde s'est fait justice ! Il ne nous reste plus qu'à retrouver le corps de votre pauvre maître.

La plus grande partie du bâtiment était occupée par l'amphithéâtre, qui tenait presque tout le rez-de-chaussée et prenait jour par le dessus, ainsi que par le cabinet, en surélévation à l'autre bout, et dont les fenêtres donnaient sur la cour. Un corridor faisait communiquer l'amphithéâtre avec la porte de la ruelle. Le cabinet, de même, avait accès de ce côté, grâce à un deuxième escalier. À part cela, le bâtiment comportait deux ou trois réduits ainsi qu'une vaste cave. Toutes ces pièces furent soigneusement examinées. Pour les réduits, la chose était facile car ils étaient vides et, comme on pouvait s'en rendre compte à la poussière qui tomba lorsqu'on ouvrit, personne n'y avait pénétré depuis des années. Quant à la cave, elle était remplie d'un véritable capharnaüm appartenant, en majeure partie, au chirurgien qui avait habité la maison avant le Dr Jekyll. Les enquêteurs, cependant, eurent tôt fait de se rendre compte que toute recherche y serait vaine lorsqu'ils virent choir devant eux le gros paquet de toiles d'araignée qui en scellait l'entrée depuis les lustres. Du Dr Jekyll, mort ou vivant, pas la moindre trace !

Poole frappa du pied sur les dalles du corridor.

—Il est sûrement enterré là, dit-il, essayant de surprendre un écho.

—À moins qu'il ne se soit enfui, rétorqua Utterson en se retournant pour examiner la porte de la ruelle.

Elle était verrouillée ; par contre, la clef gisait sur les dalles, déjà toute piquée de rouille.

—En voilà une qui n'a guère servi, observa l'avoué.

—Servi ? répéta Poole. Mais, monsieur, ne voyez-vous pas qu'elle est brisée ? Ne dirait-on pas qu'un homme l'a piétinée ?

—C'est exact ! Et regardez-moi ces cassures. Elles sont toutes rouillées également.

Les deux hommes échangèrent un regard terrifié.

—Cela me dépasse, Poole, murmura l'avoué. Rentrons dans le cabinet !

Silencieusement, ils gravirent les marches et, tout en jetant, de temps à autre, un regard anxieux en direction du cadavre, ils se mirent en devoir de pousser leurs investigations dans le cabinet. Sur la table, il y avait certaines traces d'expériences chimiques, deux ou trois petits tas d'un sel blanchâtre, déposé sur des soucoupes de verre. On aurait pu croire que l'expérimentateur avait été arrêté net dans ses manipulations.

– C'est, dit Poole, la même drogue qu'il se faisait apporter constamment.

À ce moment précis, l'eau de la bouilloire entra en ébullition et cracha un jet de vapeur. Surpris, les deux hommes tressaillirent.

Ceci les ramena vers la cheminée où l'on voyait le fauteuil douillettement placé au plus près du feu et le service à thé à portée convenable. Le sucre était déjà mis dans la tasse ! Il y avait plusieurs livres sur un rayon. L'un d'eux avait été sorti et placé ouvert auprès de la théière. Utterson fut stupéfait de constater qu'il s'agissait d'un ouvrage pieux, très estimé du Dr Jekyll, mais dont les marges étaient à présent remplies des plus épouvantables blasphèmes, griffonnés de la propre main du praticien.

Poursuivant leur enquête, les deux hommes avisèrent un grand miroir sur pied dans les profondeurs duquel ils se regardèrent avec un sentiment d'horreur involontaire. Pourtant, il était placé de telle façon qu'ils n'y découvraient rien d'autre que la lueur rosâtre se jouant aux solives du plafond, le feu scintillant et réfléchi à l'infini dans les vitrines garnissant la pièce et, enfin, leurs propres visages pâles et défaits, s'inclinant pour s'y mirer.

– Cette glace a dû voir des choses étranges, murmura Poole.

– Rien de plus étrange qu'elle-même, repartit l'avoué à voix basse également. Pourquoi donc Jekyll…

Il se reprit avec un frisson.

– Qu'est-ce que Jekyll pouvait bien faire de cela ? demanda-t-il.

– On peut se poser la question, acquiesça Poole.

Ensuite, ils examinèrent la table de bureau. Au-dessus des papiers, bien en ordre, s'apercevait une grande enveloppe jaune portant, de la main même du docteur, le nom de M. Utterson. L'avoué la décacheta et plusieurs documents tombèrent à terre. Le premier était un olographe rédigé dans les mêmes termes excentriques que celui qu'il avait reçu six mois auparavant. Cette pièce était à double emploi ; elle constituait un testament en cas de mort et un acte de donation en cas de disparition subite. Toutefois, en lieu et place du nom d'Edward Hyde, l'avoué, à son grand étonnement, lut celui de Gabriel John Utterson. Il jeta un coup d'œil à Poole et puis il regarda de nouveau les papiers, et enfin le cadavre du misérable gisant sur le tapis.

– La tête me tourne, dit-il. Voilà plusieurs jours qu'il était en possession de ce document. Il n'avait aucune raison particulière de me vouloir du bien, devait être furieux de se voir évincé et pourtant il n'a pas détruit ce testament.

Utterson prit la feuille qui suivait. C'était une courte note de la main du docteur et elle était datée.

– Oh, Poole, s'écria l'avoué, le docteur était ici même aujourd'hui ! Bien vivant ! On n'a pas pu le faire disparaître en si peu de temps ; il doit toujours être en vie. Il a dû s'enfuir ! Et pourtant, pourquoi s'enfuir ? Comment s'enfuir ? Pouvons-nous dans ce cas invoquer le suicide ? Oh, il faut montrer la plus grande attention ! Je prévois que nous allons entraîner votre maître dans une terrible catastrophe.

– Mais pourquoi ne lisez-vous pas ce papier, monsieur ? demanda Poole.

L'avoué prit un air solennel et dit :

– Parce que j'ai peur de le faire. Dieu veuille que mon appréhension soit injustifiée !

Ce disant, il rapprochait le billet de ses yeux et lisait ce qui suit :

Mon cher Utterson,

Quand ceci vous parviendra, j'aurai disparu. Dans quelles circonstances, je ne saurais encore le prévoir ; mais mon instinct et la situation sans issue dans laquelle je me trouve me permettent de dire que ma fin est sûre autant que prochaine. Examinez ces papiers et, d'abord, lisez le mémoire que Lanyon m'a déclaré vouloir placer entre vos mains. Après quoi, si vous avez souci d'être mieux informé, vous voudrez bien parcourir l'humble confession de

Votre indigne et malheureux ami
Henry Jekyll

– Il y avait donc un troisième pli ? demanda Utterson.

– Le voilà, dit Poole en lui plaçant entre les mains un imposant rouleau porteur de nombreux cachets.

L'avoué le mit dans la poche de sa redingote.

– Je vous conseille de ne pas parler de cette affaire. Si votre maître a disparu ou s'il est mort, nous pouvons du moins sauver sa réputation. Il est dix heures maintenant. Je dois rentrer à la maison et lire ces documents en paix, mais je serai de retour avant qu'il soit minuit et alors nous irons chercher la police.

Ils sortirent de la pièce, fermant derrière eux la porte de l'amphithéâtre, et Utterson, laissant une fois de plus les serviteurs assemblés autour de l'âtre dans le hall, regagna son bureau afin d'y dire les deux récits qui doivent expliquer le mystère.

9
Le récit du Dr Lanyon

Le 9 janvier, il y a maintenant quatre jours, je reçus à la distribution du soir un pli recommandé que m'adressait mon collègue et ancien condisciple, Henry Jekyll. J'en fus grandement surpris, car nous n'avions pas l'habitude de correspondre. J'avais vu le docteur et avais même dîné avec lui la veille au soir. Je ne pouvais rien imaginer dans tous nos rapports présents et passés qui pût justifier l'envoi d'un message recommandé. La teneur de la lettre augmenta encore mon étonnement. Ainsi disait-elle :

Mon cher Lanyon,
Vous êtes un de mes plus vieux amis et bien que nous ayons quelquefois différé d'opinion sur certaines questions scientifiques, je ne puis, pour ma part, me rappeler aucun relâchement dans notre mutuelle affection. Si un jour vous m'aviez dit : « Jekyll, ma vie, mon honneur, ma raison dépendent de vous » j'aurais immédiatement sacrifié toute ma fortune pour vous aider. Aujourd'hui,

Lanyon, ma vie, mon honneur, ma raison sont à votre merci ; si vous me manquez de parole ce soir, je suis perdu, irrémédiablement perdu ! Vous allez supposer, après de telles paroles, que je suis venu vous demander d'accomplir une action malhonnête. Ce n'est point le cas. Jugez-en vous-même !

Je veux que, pour ce soir, vous ajourniez tout autre engagement. Oui, mon ami, même si l'on vous appelait au chevet d'un empereur ! Ensuite, je vous demanderai de prendre un fiacre, à moins que votre voiture ne vous attende déjà à votre porte et, avec cette lettre en main afin que vous puissiez être reçu, je vous prie de venir tout droit chez moi. Poole, mon maître d'hôtel, a reçu des ordres. Vous le trouverez à la maison où il vous attendra en compagnie d'un serrurier. Vous devrez forcer la serrure de mon cabinet. Attention ! Il vous faudra entrer

seul ! Seul, vous ouvrirez la vitrine numérotée 5 à main gauche, quitte à briser la serrure si, par hasard, elle est fermée. Ensuite, vous tirerez le quatrième tiroir à partir du haut ou le troisième à partir du bas (c'est la même chose) et vous l'emporterez avec tout ce qu'il contient sans toucher à quoi que ce soit. Dans l'angoisse qui m'étreint l'esprit, j'éprouve une crainte morbide de vous induire en erreur ; mais, même si je me trompe, vous reconnaîtrez le bon tiroir à ce qu'il contient : quelques sachets de poudre, une fiole et un cahier de papier. Transportez ce tiroir chez vous, à Cavendish Square, dans l'état exact où il se trouve.

Voici le premier service que je vous demande. Voyons maintenant le second ! Si vous partez à réception de ce billet, vous serez de retour chez vous bien avant minuit. Toutefois, j'entends vous laisser une telle marge de temps, non seulement par crainte d'un empêchement imprévisible, mais parce qu'il est préférable que vos serviteurs soient couchés lorsque vous ferez ce qu'il vous reste à faire. À minuit donc, je vous demande d'être seul dans votre cabinet de consultation, de faire entrer vous-même dans votre logis un homme qui se présentera de ma part et de placer dans ses mains le tiroir que vous aurez rapporté de chez moi. Alors, vous aurez joué votre rôle et vous aurez acquis toute ma gratitude. Cinq minutes plus tard, si du moins vous insistez pour avoir une explication, vous aurez compris que ces dispositions sont d'une importance capitale et qu'en négligeant l'une ou l'autre d'entre elles, si bizarres qu'elles puissent vous *paraître, vous auriez pu vous charger la conscience de ma propre mort ou de la perte de ma raison.*

Convaincu que vous ne prendrez pas cet appel à la légère, je sens pourtant mon cœur défaillir et ma main trembler à la simple supposition d'une telle possibilité. Pensez qu'à cette heure même je suis dans une situation sans précédent, accablé par une détresse si profonde qu'aucune imagination ne saurait l'exagérer et cependant bien certain que si vous voulez suivre de bout en bout mes instructions, mes soucis se dénoueront comme une comédie qui s'achève. Aidez-moi, mon cher Lanyon, et sauvez

Votre ami
H. J.

P.-S. : J'avais déjà cacheté ce pli quand mon esprit s'est trouvé assailli d'une nouvelle terreur. Il est possible que la poste ait une défaillance et que cette lettre ne vous atteigne pas avant demain matin. Dans ce cas, mon cher Lanyon, faites ce dont je vous ai chargé à l'heure qui vous conviendra le mieux au cours de la journée ; et, une fois encore, attendez mon messager à minuit. Il se peut qu'il soit déjà trop tard et, si cette nuit-là se passe sans événement, vous saurez alors que votre ami Henry Jekyll est à jamais disparu de la scène de ce monde.

Après avoir lu cette lettre, j'eus la conviction que mon collègue était devenu fou, mais, tant qu'une telle conjecture n'aurait pas été prouvée par les faits, je me sentais tenu en conscience de faire ce qu'il me demandait. Plus cet imbroglio me paraissait incompréhensible, plus je me voyais incapable de juger de son importance ; au demeurant, un appel ainsi libellé ne pouvait pas être écarté sans que j'encourusse une responsabilité grave. Je me levai donc de table, pris un fiacre et m'en allai tout droit chez le Dr Jekyll. Le maître d'hôtel m'attendait ; il avait reçu, par le même courrier que le mien, une lettre recommandée lui enjoignant des consignes impératives et il avait même immédiatement alerté un serrurier et un menuisier.

Les deux artisans arrivèrent pendant que nous causions et nous nous rendîmes, tous ensemble, à

l'amphithéâtre du vieux Dr Denman, amphithéâtre d'où, comme vous le savez, il est très facile d'accéder au cabinet du Dr Jekyll. La porte était très solide, excellente la serrure ! Le menuisier confessa qu'il aurait beaucoup à faire et qu'il abîmerait bien des choses si l'on devait recourir à la force ; et le serrurier désespérait presque d'arriver au bout de sa tâche. Toutefois, c'était un garçon adroit et, après deux heures de travail, la porte fut ouverte. La vitrine marquée 5 n'était pas fermée à clef ; ainsi je sortis le tiroir sans difficulté, le fis remplir de paille, l'emballai dans un drap et l'emportai à Cavendish Square.

Là, je me mis en devoir d'en examiner le contenu. Les paquets de poudre étaient confectionnés d'une façon assez adroite, mais non avec la sûreté de main qui distingue le pharmacien professionnel. J'en conclus que le Dr Jekyll les avait pliés lui-même et, quand j'ouvris un des sachets, j'y trouvai ce qui me parut être un simple sel cristallin de couleur blanche.

La fiole sur laquelle je portai ensuite mon attention était à demi pleine d'un liquide rouge sang d'une odeur très piquante ; à mon avis, il devait comporter du phosphore et quelque espèce d'éther volatil ; quant aux autres ingrédients, je ne pouvais rien conjecturer à leur égard.

Le cahier était de papier très ordinaire et ne contenait qu'une succession de dates. Elles se répartissaient sur de nombreuses années, mais j'observai que les inscriptions avaient cessé depuis environ un an et tout à fait brusquement. Çà et là, on avait ajouté une brève annotation ; généralement, elle consistait en ce seul mot : *double*, qui se présentait peut-être six fois sur un total de plusieurs centaines de dates. Une fois, presque au début de la liste, on pouvait lire cette note : *échec total*, suivie de plusieurs points d'exclamation.

Tout cela, encore que ma curiosité s'en trouvât fort intriguée, ne m'apprenait rien de bien précis. Il y avait là une fiole contenant une certaine mixture, des sachets d'un sel banal et les minutes d'une série d'expériences qui n'avaient abouti (comme c'était trop souvent le cas dans les recherches du Dr Jekyll) à aucun résultat positif. Comment la présence de ces objets dans ma propre maison pouvait-elle affecter l'honneur, la santé mentale ou la vie de mon fantasque collègue ? Pourquoi son messager, s'il pouvait aller à un endroit, ne pouvait-il pas se rendre à un autre ? Pour quelle raison, et dans l'hypothèse même d'un empêchement, étais-je tenu de recevoir ce monsieur en secret ? Tout cela m'échappait et, plus j'y réfléchissais, plus j'étais convaincu qu'il s'agissait d'un cas d'aliénation mentale. Tout de même, j'envoyai mes domestiques se coucher, mais je chargeai un vieux revolver au cas où je dusse me trouver dans l'obligation de me défendre.

Minuit avait à peine sonné à toutes les horloges de Londres que j'entendis le marteau de ma porte retentir discrètement. J'allai moi-même ouvrir et me trouvai face à face avec un petit homme blotti contre un des piliers du porche.

– Est-ce de la part du Dr Jekyll ? demandai-je.

– Oui, me dit-il, tout en esquissant un geste gêné.

Et, quand je le priai de monter, il ne m'obéit pas sans jeter un long regard en arrière dans l'obscurité du square. Non loin de là, je devinai un agent de police qui s'avançait avec sa lanterne sourde et, à sa vue, j'eus l'impression que mon visiteur nocturne avait hâte de rentrer.

Ce détail me donna, je l'avoue, une impression déplaisante et, comme je le suivais dans la brillante lumière de ma salle de consultation, je gardai la main crispée sur mon arme. Là, du moins, j'eus l'occasion de le voir convenablement.

C'était, à coup sûr, la première fois que je jetais les yeux sur cet homme. Il était petit, ainsi que je l'ai dit plus haut ; mais, surtout, je fus frappé par l'expression choquante de sa physionomie, la remarquable synthèse qu'il présentait d'une grande activité musculaire et d'une troublante débilité de constitution, et enfin – ce qui n'était pas là le moindre paradoxe – par le malaise bizarre et probablement purement subjectif que sa présence me causait. Essayant d'analyser mes sensations, j'y distinguais une tendance à la contracture et une diminution marquée de mes pulsations. À ce moment-là, je mis cet effet sur le compte d'une antipathie instinctive, purement personnelle, et m'étonnai seulement de l'acuité de tels symptômes. Depuis lors, j'ai changé d'avis et j'ai quelque raison de croire que la cause du phénomène se trouvait dans la nature intime de l'individu et qu'elle procédait d'un mobile plus noble que la haine.

Cet être qui, depuis le moment où il était entré chez moi, avait éveillé dans mon esprit ce que je puis seulement appeler une curiosité mêlée de dégoût, était accoutré d'une telle façon qu'elle en aurait rendu ridicule une personne ordinaire.

Ses habits, bien qu'ils fussent d'une étoffe de bonne qualité et de couleur sombre, étaient beaucoup trop grands pour lui sous tous les rapports ; le pantalon flottait sur ses jambes et il avait été obligé d'en rouler le bas pour l'empêcher de traîner sur le sol ; la taille du veston lui tombait bien en dessous des hanches et le col bâillait largement sur ses épaules. Chose étrange, cet accoutrement grotesque était loin d'exciter mon hilarité. Mais plutôt, comme il y avait, dans l'essence même de la créature qui me faisait face, un élément d'anomalie et de monstruosité, un je-ne-sais-quoi de saisissant, de surprenant et de révoltant, cette nouvelle dissemblance ne paraissait que confirmer et renforcer le caractère souverainement désagréable de l'intrus. En définitive, à l'intérêt qu'éveillaient en moi la nature et le caractère de l'homme s'ajoutait une certaine curiosité quant à son origine, sa vie, sa fortune et sa situation sociale.

Ces observations, bien que prenant beaucoup de temps à transcrire, n'exigèrent, sur le moment, que quelques secondes. Mon visiteur, en fait, semblait brûler d'une sombre passion.

– L'avez-vous ? s'écria-t-il. L'avez-vous ?

Il était si impatient qu'il posa même sa main sur mon bras en essayant de me secouer. Je me dégageai, éprouvant à son contact une sorte de spasme glacial.

– Allons, monsieur, lui dis-je, vous oubliez que je n'ai pas encore eu le plaisir de vous être présenté. Asseyez-vous, s'il vous plaît !

Je lui donnai l'exemple en prenant place dans mon fauteuil habituel et en essayant d'assumer l'attitude professionnelle du médecin consultant, pour autant que l'heure tardive, la nature de mes préoccupations et l'horreur que m'inspirait la vue de mon visiteur me permettaient de le faire.

– Je vous demande pardon, docteur Lanyon, répondit-il assez poliment. Ce que vous dites est bien fondé et mon impatience a failli me rendre impoli. Je viens ici sur les instances de votre collègue, le Dr Henry Jekyll, afin d'accomplir une mission de quelque importance et j'ai compris…

Il fit une pause, porta la main à sa gorge et je pus voir qu'en dépit de son calme apparent, il luttait contre les premiers symptômes d'une attaque de nerfs.

– J'ai compris, docteur Lanyon, qu'un certain tiroir…

Sur ces entrefaites, j'eus pitié de l'anxiété de mon visiteur et, voulant aussi satisfaire ma curiosité croissante :

– Le voici, monsieur, dis-je en montrant du doigt

le tiroir qui, toujours enveloppé dans son drap, gisait sur le plancher derrière une table.

Il se jeta dessus, puis hésita et posa la main sur son cœur ; je pouvais l'entendre grincer des dents et son visage était si effroyable que je craignis à la fois pour sa vie et pour sa raison.

– Du calme, du calme ! lui dis-je.

Il m'adressa un piteux sourire et, comme mû par l'énergie du désespoir, il arracha le drap. À la vue du contenu, il fit entendre un bruyant sanglot exprimant un soulagement si considérable que j'en restai pétrifié. Et, le moment d'après, d'une voix redevenue assez normale :

– Avez-vous un verre gradué ? demanda-t-il.

Je me levai de ma chaise avec effort et lui donnai ce qu'il demandait. Il me remercia avec un sourire et un petit signe de tête, versa quelques centimètres cubes du liquide rouge sang et y ajouta le contenu d'un des sachets de poudre. Le mélange, qui avait pris d'abord une teinte jaune sale, commença, au fur et à mesure de la dissolution des cristaux, à s'éclaircir, puis il entra en effervescence, exhalant une fumée légère. Soudain, l'ébullition cessa et, à ce même moment, le liquide assuma une teinte violacée qui, plus lentement cette fois-ci, vira au vert glauque. Mon visiteur, qui avait examiné ces métamorphoses avec une attention soutenue, esquissa un sourire puis, reposant le verre sur la table, il se tourna vers moi et me regarda d'un air interrogateur :

— Et maintenant, dit-il, nous allons régler les comptes. Voulez-vous apprendre quelque chose ? Voulez-vous vous laisser instruire ? Voulez-vous, au contraire, me permettre de prendre ce verre en main et de m'en aller de chez vous sans en dire davantage ? Ou bien alors, le démon de la curiosité a-t-il trop de prise sur vous ? Réfléchissez-y, car de votre réponse dépend la suite de l'affaire. Selon ce qu'il vous plaira de décider, vous resterez dans l'ignorance et ne serez ni plus riche ni plus sage, à moins que la satisfaction d'avoir rendu service à un homme dans une mortelle angoisse puisse être comptée comme une des richesses de l'âme. Ou alors, si vous préférez l'autre solution, une nouvelle province de la science et de nouvelles voies vers la gloire et la puissance s'ouvriront pour vous, ici même, dans cette pièce et à cet instant. Votre vue sera frappée d'un tel prodige que Satan lui-même en sentirait vaciller son incrédulité.

— Monsieur, dis-je, affectant un sang-froid que j'étais bien loin de posséder, vous parlez par énigmes et vous ne serez peut-être pas très étonné si je n'ajoute pas grande foi à vos dires, mais je me suis déjà prêté à trop de services bizarres pour m'arrêter en si bon chemin. Voyons la fin de votre expérience !

— C'est bien ! répliqua mon visiteur. Lanyon, vous vous rappelez votre serment d'Hippocrate ? Sachez que ce qui va suivre reste sous le secret professionnel. Et maintenant, vous qui avez si longtemps professé des vues étroites et matérialistes, vous qui avez nié les vertus de la médecine transcendantale, vous qui vous êtes moqué de vos supérieurs… Voyez !

Il porta le verre à ses lèvres et en vida le contenu en une seule gorgée. Un cri suivit ; l'homme chancela sur ses jambes, fit quelques gestes désordonnés, puis s'agrippa à la table où il se cramponna fermement. Il avait les yeux injectés de sang et sa bouche ouverte haletait d'une façon horrible. Comme je le regardais, je crus voir un changement se produire. Il sembla grandir, grossir et, sur son visage devenu subitement noir, je vis les traits se fondre et s'altérer. Le moment d'après, j'avais bondi sur mes pieds et reculais contre le mur, levant le bras pour me protéger de ce prodige, l'esprit submergé de terreur.

— Seigneur Dieu ! m'écriai-je. Seigneur Dieu, est-ce possible ?

Là, devant mes yeux, pâle et frissonnant, à demi évanoui et tâtonnant devant lui comme un Lazare sortant du sépulcre se tenait… le Dr Henry Jekyll !

Ce qu'il me raconta au cours de l'heure suivante, je ne puis me décider à l'écrire. Ce que j'ai vu, je l'ai vu, ce que j'ai entendu, je l'ai entendu, mais mon âme en a la nausée et pourtant, maintenant que cette vision s'est évanouie à mes regards, je me demande si, véritablement, j'y crois et, voyez-vous, je ne puis répondre. Ma vie est ébranlée jusque dans ses racines, le sommeil m'a quitté, une terreur, la plus horrible des terreurs me hante à toute heure du jour et de la nuit. Je sens que mes jours sont comptés et que je devrai mourir ; néanmoins, je mourrai incrédule. Quant aux turpitudes morales que cet homme m'a dévoilées avec, certes, d'abondantes larmes de repentir, je n'y puis songer sans un frisson d'horreur. Je n'ai qu'une chose à dire, Utterson, mais cette chose – si vous voulez bien y croire – sera plus que suffisante. L'être qui s'est introduit dans ma maison cette nuit-là, était, de l'aveu même de Jekyll, connu sous le nom de Hyde et traqué aux quatre coins de ce pays comme étant l'assassin de Carew.

Hastie Lanyon

10
Le Dr Jekyll s'explique

Je suis né en l'année 18…, à la tête d'une fortune considérable, doué par ailleurs d'excellentes aptitudes intellectuelles, naturellement enclin au travail et désireux d'obtenir l'estime des gens sages et vertueux ; de plus, comme on peut bien le supposer, j'avais devant moi des perspectives d'avenir honorables et brillantes. À tout prendre, le pire de mes défauts était un certain besoin de plaisirs, ce qui, au train dont va le monde, n'est pas très grave en effet, mais me donnait de l'inquiétude, car je trouvais difficile de concilier cette inclination avec un impérieux désir de porter la tête haute et d'affecter en public une allure un peu plus grave qu'il n'aurait fallu. Cela m'incita donc à cacher mes plaisirs et, dès que j'atteignis l'âge de la réflexion et que je commençai à regarder autour de moi, à envisager mes progrès et ma position dans le monde, je me trouvai déjà en proie à une profonde dualité mentale. Beaucoup d'hommes auraient tiré vanité des peccadilles que je commettais alors, mais, avec les hautes conceptions morales que j'entretenais, je ne pouvais que les dissimuler avec un sentiment presque morbide de honte. Ce fut la noblesse de mes aspirations plutôt qu'une dégradation morale particulière qui fit de moi ce que je suis devenu et qui, peu à peu, élargit dans mon âme le fossé qui sépare les domaines du bien et du mal, ces deux composantes de la nature humaine. Dans ces circonstances, je fus amené à réfléchir intensément sur cette dure loi de la vie qui se trouve à la base de toute religion et qui constitue une source d'angoisses inépuisable.

Bien que jouant un double jeu subtil, je n'avais rien d'un hypocrite ; j'étais infiniment sérieux sous l'un et l'autre de ces deux aspects de ma nature. Je n'étais pas moins moi-même quand j'abandonnais toute réserve et me plongeais dans l'orgie et le stupre que lorsque je travaillais, en pleine lumière, aux progrès de la science et au soulagement des misères humaines. Il advint, au surplus, que les études scientifiques dans lesquelles je m'étais engagé, et qui menaient directement au mysticisme et à la transcendance, prirent une tournure inattendue et illuminèrent d'une clarté éblouissante cette conscience que nous portons en nous d'une guerre perpétuelle entre ces tendances.

Jour après jour, à la fois par le côté moral et le côté intellectuel de mon esprit, je m'acheminais régulièrement vers cette vérité dont la découverte partielle devait me condamner à un si terrible naufrage. L'homme, en arrivais-je à conclure, n'est pas un être unique, mais un être double, je dis double parce que ma propre connaissance ne va pas au-delà de ce point. D'autres investigateurs me dépasseront sans doute dans ce genre d'étude et je puis déjà prévoir que l'on finira par reconnaître que la nature humaine est multiple, faite d'une véritable réunion d'individus indépendants et sans rapport les uns avec les autres. Pour ma propre part, et en raison même de la nature particulière de mon existence, j'avançais infailliblement dans une direction et seulement dans une. Ce fut du point de vue moral et en ma propre personne que j'appris à reconnaître la dualité primordiale et incontestable de l'homme ; je m'aperçus que, si l'on pouvait croire que je fusse l'une ou l'autre de ces deux natures aux prises dans le champ clos de ma propre conscience, c'était seulement parce que ma personnalité était faite de l'une et de l'autre ; et dès le début, avant même que mes découvertes scientifiques eussent commencé à me faire entrevoir la moindre possibilité d'un pareil miracle, j'avais appris à me complaire, comme dans un rêve éveillé favori, à la pensée de séparer ces deux éléments.

Je me disais : « Si chacun d'entre eux pouvait être localisé dans une personnalité distincte, la vie serait libérée de tout ce qui nous est insupportable ; le méchant suivrait sa voie sans crainte, délivré des aspirations et des remords de sa meilleure conscience ; et le juste s'avancerait fermement et sûrement sur le chemin de la perfection, faisant le bien dans lequel il trouve son plaisir et sans s'exposer davantage à la honte et aux remords par les actes de son mauvais génie. C'était le fléau de l'humanité que ces deux fagots de bois différents fussent attachés ensemble et que, dans l'angoisse qui fait le fond de notre conscience, ces deux frères ennemis dussent toujours et constamment lutter entre eux. Mais voilà ! Comment les dissocier ? »

J'en étais arrivé là dans mes cogitations lorsque, ainsi que je l'ai dit tout à l'heure, mes expériences de laboratoire commencèrent à jeter un jour cru sur le sujet. Mieux que tout ce que j'avais pu lire sur la question, elles me firent comprendre à quel point ce corps humain d'apparence si ferme, dans lequel nous nous enveloppons, peut être immatériel, insubstantiel, tout pareil à un brouillard matinal que le soleil vient disperser. Je constatai que certains produits avaient la puissance de secouer et de jeter à bas cette enveloppe charnelle, de même que le vent agite et emporte une légère toile de tente. Pour deux raisons majeures, je n'entrerai pas dans le détail de mon expérimentation. D'abord, parce que j'ai appris à mes dépens que notre destinée et le fardeau de notre vie sont à jamais liés à nos épaules et que, lorsque nous essayons de nous en débarrasser, ils nous reviennent avec un poids plus accablant et plus horrible. Ensuite, ainsi que mon récit le fera, hélas ! trop bien voir, parce que mes découvertes étaient incomplètes. Bref, non seulement je m'aperçus que mon corps n'était que la simple émanation de certains pouvoirs de mon âme, mais encore je m'arrangeai pour composer une drogue, grâce à laquelle ces pouvoirs seraient dépouillés de leur suprématie. De la sorte, une seconde enveloppe charnelle apparaîtrait, laquelle ne me serait pas moins naturelle, puisqu'elle constituerait l'expression et porterait la marque des éléments inférieurs de mon moi.

J'hésitai longuement avant de mettre cette théorie à l'épreuve de la pratique. Je savais fort bien que je courais un danger mortel, car toute drogue capable d'ébranler à ce point la forteresse de l'individualité pouvait, à la moindre erreur de dose ou de temps au moment de l'absorption, désintégrer complètement ce tabernacle insubstantiel que je lui demandais de transformer. Mais la tentation de mettre à profit une découverte si singulière et si grosse de conséquences triompha enfin de mes appréhensions.

J'avais depuis longtemps préparé ma potion. J'achetai immédiatement, chez un grossiste en pharmacie, une importante quantité de certain sel qui, ainsi que mes expériences me l'avaient appris, constituait le dernier ingrédient nécessaire. Très tard, par une nuit maudite, je mélangeai les éléments, assistai à leur ébullition dans le verre ; puis, quand toute fumée eut disparu, je pris mon courage à deux mains et, d'un seul coup, avalai la mixture.

Suivirent les douleurs les plus effroyables. Je sentis mes os se désagréger ; je fus pris de terribles vomissements, en même temps que j'éprouvais une angoisse dont l'intensité égale certainement celle qui préside à notre naissance ou à notre mort. Peu à peu, ces affres commencèrent à disparaître et je revins à moi avec l'impression que l'on éprouve au sortir d'un grave évanouissement. Il y avait quelque chose d'étrange dans mes sensations, quelque chose d'ineffablement neuf et, en raison de sa nouveauté même, d'une douceur incroyable. Je me sentais plus jeune, plus léger, plus leste. Intérieurement, j'avais conscience d'une capiteuse insouciance, d'un courant d'images sensuelles désordonnées qui me trottaient par l'imagination comme un carrousel endiablé, un affranchissement de tout sens du devoir, une liberté inouïe, mais non point innocente de l'âme. Je me reconnus, dès les débuts mêmes de cette nouvelle vie, dix fois plus pervers, dix fois plus méchant, dix fois plus esclave du péché originel ; et cette pensée, à ce moment-là, me réconforta et m'enivra comme un vin généreux. J'étendis les mains, exultant dans la nouveauté de ces sensations et, tout à coup, je m'aperçus que j'étais devenu plus petit.

À cette époque, il n'y avait pas de miroir dans mon cabinet. Celui qui se trouve à côté de moi, pendant que j'écris ces lignes, n'a été apporté que plus tard dans le dessein d'observer ces transformations. La nuit, cependant, avait graduellement fait place au crépuscule du matin, un crépuscule sombre, mais qui annonçait néanmoins l'imminente apparition du jour. Les hôtes de ma demeure reposaient encore dans les liens du sommeil. Dans l'ivresse de mon triomphe, je me décidai, sous ma nouvelle forme, à gagner ma chambre à coucher. Je traversai la cour où, du haut du ciel, les constellations devaient regarder avec stupéfaction le premier individu d'une espèce sans précédent. Je me faufilai à travers les couloirs, étranger dans ma propre demeure, et, arrivant à ma chambre, je vis, pour la première fois, apparaître Edward Hyde.

Ici, je dois parler dans l'abstrait et dire, non point ce que je sais, mais ce qui me semble le plus probable. Le mauvais côté de ma nature, dans lequel je m'étais à présent incarné, était moins robuste et, partant, moins développé que le bon côté dont je venais de faire disparaître le symbole charnel. Dans le cours de mon existence qui, après tout, avait été, pour les neuf dixièmes, consacrée à l'effort, à la vertu et à la maîtrise de soi, mon second moi n'avait pas trouvé beaucoup d'occasions pour s'exercer ; par contre, il était plus jeune, plus dispos. Ainsi n'y avait-il rien d'étonnant qu'Edward Hyde, le criminel, fût beaucoup plus petit, beaucoup plus mince et beaucoup plus jeune que Henry Jekyll, l'honnête homme ; de même que le bien illuminait le visage de l'un, de même le mal s'inscrivait en stigmates larges et bien visibles sur la face de l'autre. En outre,

le mal – qui, je persiste à le croire, est le côté morbide et anormal de l'homme – avait marqué ce corps
au coin de la difformité et de la dégénérescence. Et
pourtant, quand je contemplai dans le miroir cette
monstrueuse idole, je n'eus conscience d'aucune
répugnance, mais plutôt mon cœur bondit vers elle.
En somme, elle était moi-même et elle m'apparaissait comme naturelle et humaine. À mes yeux, elle
représentait une image plus vivante de l'âme, elle

me semblait plus directe et plus simple que l'être
imparfait et divisé que j'étais accoutumé jusqu'alors
d'appeler mon moi et, à cet égard, j'avais sans aucun
doute raison. J'ai remarqué que lorsque je devenais
Edward Hyde, personne ne pouvait m'approcher
sans frémir. Cela tient au fait que tous les êtres

humains que nous rencontrons sont une combinaison instable de bien et de mal. Edward Hyde n'était pas un hybride ; lui seul, parmi tous les hommes, était le mal à l'état pur !

Je ne m'attardai qu'un instant devant le miroir, car il fallait tenter la seconde épreuve, faire l'expérience cruciale. Celle-ci me permettrait de constater si j'avais perdu à jamais mon identité et si je devais m'enfuir, avant qu'il ne fît jour, d'une maison qui n'était déjà plus à moi. Je me hâtai de réintégrer mon cabinet, de préparer une autre potion et de la boire. Une fois de plus, je passai par les affres de la désintégration pour redevenir moi-même, sous les traits et avec le caractère et la stature du Dr Henry Jekyll.

Cette nuit-là, j'étais arrivé au carrefour fatal. Si j'avais abordé ma découverte dans un esprit plus désintéressé, si j'avais risqué l'expérience sous l'égide d'aspirations pieuses ou généreuses, tout aurait changé et j'eusse émergé des angoisses de la mort et de la naissance comme un ange de pureté et non comme un démon du vice. La drogue n'agissait pas dans un sens déterminé ; elle n'était, par elle-même, ni diabolique ni divine ; elle ne faisait qu'ébranler les portes de la geôle où nos dispositions natives sont enfermées. Dès lors qu'elles avaient une issue à leur portée, l'évasion devenait facile.

Au moment où je tentais cette première expérience, ma vertu était en sommeil et ma perversité, excitée par l'ambition, n'attendait que l'occasion

favorable. Toutes mes mauvaises tendances, proje-
tées hors de leur maison de chair, s'étaient recom-
posées pour former ce monstre : Edward Hyde. En
conclusion, bien que j'eusse à présent deux caractères aussi bien que deux aspects physiques, l'un était
le mal incarné et l'autre le bon vieux Dr Jekyll, c'est-
à-dire ce mélange hétéroclite dont j'avais déjà appris
à désespérer du perfectionnement moral. En définitive, la transformation ne pouvait s'opérer qu'en
un seul sens : celui du pire.

Dans ce temps-là, je n'avais pas encore triomphé
de mon aversion pour une vie intégralement consacrée à de monotones études. J'avais parfois des envies
de me distraire et, comme mes plaisirs étaient de
ceux qu'on ramasse dans les ruisseaux, comme, par
contre, j'étais non seulement bien connu et très
considéré, mais encore d'un âge digne et mûr, l'inco-
hérence de ma vie me déplaisait de plus en plus. C'est
par ce côté-là que m'était venue la tentation dont je
n'allais pas tarder à tomber esclave. Je n'avais qu'à
boire un verre de ce liquide pour dépouiller incon-
tinent la guenille charnelle de l'illustre professeur
Jekyll et pour prendre, comme un épais manteau,
celle d'Edward Hyde.

L'idée me plaisait, car elle me paraissait cocasse. Je
m'occupai de mes préparatifs avec le plus grand soin.
Je louai et meublai cette maison de Soho, où Hyde
fut traqué par la police, et je pris, comme femme de
charge, une créature que je savais être à la fois dis-

crète et sans scrupule. D'autre part, j'informai mes serviteurs qu'un certain M. Hyde – dont je leur donnai le signalement – devait avoir pleine liberté et tous pouvoirs dans ma demeure du square. Afin de parer à toute éventualité, je vins en visite chez moi sous ma seconde forme et me rendis bientôt familier à mes propres domestiques. Pour compléter ces dispositions, je rédigeai de ma main ce testament contre lequel vous vous êtes si fermement élevé. Vous en comprenez la raison à présent, car en supposant qu'il m'arrivât malheur en la personne du Dr Jekyll, je pouvais prendre celle d'Edward Hyde sans pour autant perdre un liard de mon bien.

Dès lors, ayant comme je le pensais tout prévu et tout ordonné, je me mis à profiter sans scrupule des avantages de la situation.

Jadis, les gens louaient les services de spadassins pour accomplir leurs crimes, cependant que leur propre personne et leur réputation restaient à l'abri des risques. J'ai été le premier homme qui ait jamais agi ainsi pour son propre plaisir, le premier qui pût marcher aux yeux du public, tout chargé de sympathique honnêteté, et, le moment d'après, tel un écolier en rupture de classe, dépouiller ses apanages et se jeter à corps perdu dans un océan de licence. Sous ce déguisement qui n'en était pas un, je jouissais d'une sécurité totale. Pensez-y donc ! Je n'existais même pas ! Je n'avais qu'à me réfugier dans mon laboratoire, absorber le mélange que je pouvais préparer en

un clin d'œil et dont les éléments étaient toujours à ma portée, pour redevenir, au bout de quelques secondes, l'inattaquable Dr Jekyll.

Dorénavant, quoi qu'il pût faire, Edward Hyde disparaissait comme une tache d'humidité sur une glace. Nul n'aurait pu soupçonner une relation quelconque entre cette larve monstrueuse et l'homme de bien qui, dans sa confortable demeure, remontait paisiblement la mèche de sa lampe de travail pour s'absorber dans de nouvelles études.

Les voluptés que je me hâtais de poursuivre sous mon déguisement étaient, comme je l'ai déjà dit, dignes du ruisseau. Je ne saurais guère employer terme plus précis et plus dur. Toutefois, dès qu'Edward Hyde prit de l'assurance, ses plaisirs inclinèrent rapidement au sadisme. Toutes les fois que je rentrais de ces orgies nocturnes, je m'étonnais prodigieusement de ma dépravation temporaire.

Cet incube que je faisais sortir de moi-même et que j'envoyais satisfaire tous ses instincts était un être foncièrement méchant et perfide. Tous ses actes, toutes ses pensées avaient l'égoïsme pour base ; avec une avidité bestiale, il s'enivrait de la volupté que lui procuraient les tourments des autres. Impitoyable, tel un bloc de marbre ! Parfois, Henry Jekyll s'épouvantait des actes d'Edward Hyde. Mais la situation ne tombait pas sous le coup des lois pénales et c'est ainsi qu'insidieusement se relâchait le pouvoir de la conscience. Le coupable après tout, c'était Hyde, rien que Hyde ! Jekyll n'y pouvait rien, ne s'en portait pas plus mal. En un instant, il recouvrait toutes ses perfections apparemment non dégénérées. Il se hâtait même, quand toutefois c'était possible, de réparer le mal causé par Hyde. Et ainsi pensait-il être en règle.

Quant à entrer dans le détail des infamies dont je me rendais complice – car, maintenant même, je ne puis en assumer la responsabilité totale –, je n'ai pas le dessein de le faire. Je voudrais seulement indiquer les avertissements qui me sont parvenus et la progression insensible au terme de laquelle mon châtiment survint.

Un incident se produisit, regrettable certes, mais sans répercussion pour moi. Un acte de cruauté gratuite à l'égard d'une fillette m'attira la colère d'un passant que j'ai reconnu l'autre jour comme étant votre cousin ; le docteur et la famille de l'enfant se liguèrent avec lui, si bien qu'un instant je pus craindre pour ma vie. Afin d'apaiser leur trop juste ressentiment, Edward Hyde dut les amener à la porte de la ruelle et les désintéresser en leur donnant un chèque signé de Henry Jekyll. Par la suite, cependant, un tel risque devait être éliminé facilement par l'ouverture, dans une banque différente, d'un compte courant au nom d'Edward Hyde lui-même. Dès que, renversant mon écriture, j'eus procuré une signature à mon double, je m'estimai suffisamment garanti contre les aléas du sort.

Deux mois environ avant l'assassinat de sir Danvers, j'étais parti en expédition et n'avais regagné mon domicile que très tard. Quand je me réveillai le lendemain matin, j'eus l'impression qu'il se passait quelque chose d'insolite. En vain je jetai les yeux autour de moi, en vain je passai en revue l'ameublement confortable et les nobles proportions de ma chambre à coucher, en vain j'examinai le dessin bien connu des rideaux de mon lit et la forme de son bois d'acajou. Il y avait en moi quelque chose qui m'angoissait, me disait que je n'étais pas où je croyais être, que je ne m'étais pas réveillé où je le pensais, mais dans ma petite chambre de Soho où je dormais normalement sous la forme d'Edward Hyde. Je me souris à moi-même et, avec ma manie de m'analyser, je me mis indolemment à rechercher les causes de cette illusion, retombant, de temps à autre, dans la douce somnolence du petit matin.

J'étais ainsi occupé, quand, dans un de mes moments de plus grande lucidité, j'eus l'idée de regarder ma main. Or, celle de Henry Jekyll, comme vous l'avez souvent remarqué, est une main de praticien longue et bien faite, blanche et ferme. Mais la main qui s'offrait à présent à mes regards, dans la lumière sale d'un matin de Londres, reposant à demi fermée sur le drap du lit, était décharnée, noueuse, grossière, grisâtre et toute couverte de poils noirs. C'était la main d'Edward Hyde !

J'ai bien dû la contempler une demi-minute, tant

l'étonnement me rendait stupide, avant que la terreur ne s'éveillât en moi avec la soudaineté et le retentissement d'un fracas de cymbales. Bondissant à bas de mon lit, je me précipitai vers le miroir. Au spectacle qu'il me renvoya mon sang se glaça. Il n'y avait pas d'erreur possible ! Lorsque je m'étais couché j'étais encore Henry Jekyll et je me réveillais Edward Hyde !

Comment expliquer ce mystère ? La question m'angoissait terriblement, d'autant plus qu'elle était suivie d'un corollaire : comment redevenir Jekyll ? La matinée était déjà fort avancée ; les domestiques debout, toutes mes drogues enfermées dans mon cabinet ! Pour y accéder, il me fallait descendre deux paires d'escaliers, traverser le couloir du fond, la cour à ciel ouvert et enfin l'amphithéâtre. Un long voyage, n'est-il pas vrai ? À la rigueur, je pouvais me couvrir le visage ; mais à quoi bon puisque j'étais incapable de dissimuler l'altération de ma stature ! Alors, avec une impression merveilleuse de soulagement, je me rappelai que les serviteurs étaient accoutumés à la vue et aux visites de mon second moi. J'eus tôt fait de m'habiller de mon mieux dans des vêtements à ma propre taille, de traverser toute la demeure où Bradshaw ouvrit de grands yeux et recula en voyant M. Hyde errer dans la maison à une heure aussi indue et dans un costume aussi étrange. Dix minutes plus tard, le Dr Jekyll avait réintégré sa demeure charnelle et s'asseyait, le front soucieux, devant son petit déjeuner.

Médiocre était mon appétit ! Cet incident inexplicable, cette réversion de mes expériences précédentes semblait, comme la main mystérieuse sur le mur du palais babylonien, écrire une à une les lettres de mon jugement. Plus sérieusement que je l'avais fait jusqu'alors, je me mis à réfléchir sur les conséquences possibles de ma double existence.

Cette partie de moi-même que j'avais le pouvoir de matérialiser s'était, en ces derniers temps, remarquablement renforcée. J'avais eu l'impression que le corps d'Edward Hyde avait grandi et que le sang coulait plus généreusement dans ses veines. Dès lors, je me mis à soupçonner un terrible danger. À supposer que la situation se prolongeât, l'économie de ma nature pourrait se renverser d'une façon permanente, la faculté de changer de corps à volonté se perdrait et le caractère d'Edward Hyde deviendrait irrévocablement le mien. La puissance de la drogue n'avait pas toujours été régulière. Une fois, au début de mes essais, les résultats s'étaient révélés décevants. Depuis lors, et en maintes occasions, j'avais été contraint de doubler et même de tripler la dose. Ce jour-là, j'avais frôlé la mort de près ! En tout cas, ces quelques irrégularités avaient un tantinet gâté ma joie. Ce n'était évidemment pas grave, mais, à présent, à la lumière de l'accident de ce matin, je fus forcé de convenir que si, dans les débuts, la grande difficulté avait été d'abandonner le corps de Jekyll, c'était, à l'heure actuelle, le corps de Hyde que j'éprouvais le plus de peine à dépouiller. D'où l'épouvantable conclusion que j'étais bien forcé de tirer : *j'abandonnais graduellement la maîtrise de mon moi primitif, le meilleur, et m'incorporais lentement à mon second moi, le pire !*

J'étais à la croisée des chemins ; je sentais qu'il me fallait choisir entre les deux personnes. Le seul caractère commun de ma double nature était la mémoire. Quant aux autres facultés, elles étaient inégalement réparties entre les deux moitiés de mon moi.

Jekyll, l'hybride, tantôt avec les plus grandes appréhensions, tantôt avec une avidité singulière, projetait et partageait tous les plaisirs et toutes les aventures de Hyde. Au contraire, Hyde ne s'intéressait pas à Jekyll ou ne s'en souvenait qu'à l'occasion, un peu à la façon d'un bandit de grand chemin qui se rappelle la caverne où il se dissimule à la curiosité des gendarmes. Jekyll avait pour Hyde l'intérêt d'un père ; Hyde avait pour Jekyll l'indifférence d'un fils. Me rallier à Jekyll revenait à renoncer à toutes les satisfactions sensuelles que je m'étais, pendant si longtemps, secrètement offertes et dont je m'étais fait, par degré, des habitudes. Me rallier à Hyde, c'était mourir à un millier d'intérêts et d'aspirations et me muer, d'un seul coup et pour jamais, en un être méprisé et sans amis.

Le marché pouvait sembler inégal, mais une autre considération pesait encore dans la balance, car, tandis que Jekyll serait torturé par les feux de la concupiscence, Hyde n'aurait même pas conscience de tout ce qu'il aurait perdu. Si étrange que fût ma situation, le dilemme était aussi vieux et aussi banal que l'humanité. Le pécheur qui tremble devant la tentation est acculé à un pari tout semblable et ma propre aventure n'est pas spécifiquement différente de celle de tous les hommes qui veulent prendre la meilleure voie et n'ont malheureusement pas la force de s'y maintenir.

Bien entendu, je préférais être le vieux docteur mélancolique entouré d'amis et caressant d'honnêtes espoirs ! Aussi me résolus-je à dire un adieu définitif à la liberté, à la jeunesse relative, à l'élasticité de la démarche, au pouls vigoureux et aux plaisirs clandestins dont j'avais joui par le truchement de Hyde. En choisissant ainsi, je faisais probablement certaines réserves mentales inconscientes, car je n'abandonnai pas la petite maison de Soho ni ne détruisis les habits d'Edward Hyde, lesquels restèrent toujours dans mon cabinet, prêts à servir.

Pendant deux mois, je demeurai fidèle à ma résolution ; pendant deux mois, je menai une vie d'ascète et éprouvai, en contrepartie, la satisfaction du devoir accompli. Toutefois, le temps émoussant graduellement l'acuité de mes alarmes, l'approbation de ma conscience commençait à me peser. J'étais torturé par des désirs inavouables ; on eût dit que Hyde, dans le tréfonds de moi-même, luttait pour sa liberté. Enfin, dans un moment de faiblesse, je cédai. Presque inconsciemment, je mélangeai mon élixir et mes poudres et l'avalai...

Je ne sache pas qu'un ivrogne raisonnant de son vice avec lui-même n'ait été touché, une seule fois sur cinq cents, par les dangers que lui fait courir son insensibilité physique lorsque, bestialement, il tombe ivre mort au coin d'une rue. Je n'avais pas, moi non plus, considéré ma position, n'avais pas tenu compte de l'amoralité complète et du sadisme extraordinaire qui caractérisaient essentiellement le personnage d'Edward Hyde. Et pourtant, ce fut par là que me vint ma punition.

Mon mauvais génie avait longtemps été enfermé dans sa cage. Il en sortit fou furieux. Au moment même où j'avalais le breuvage, je sentais déjà en moi une indomptable et frénétique disposition au mal. C'est cela, je le suppose, qui souleva dans mon être cet orage d'impatience au moment où j'écoutais les civilités de ma malheureuse victime. À tout le moins, je déclare devant Dieu que nul homme, jouissant de ses facultés mentales, n'aurait pu commettre un tel crime devant une provocation aussi minime. J'en suis sûr, je n'ai pas frappé avec plus de raison qu'un enfant malade brise son jouet. Mais je m'étais volontairement dépouillé de tous ces instincts modérateurs, grâce auxquels les pires des hommes continuent à marcher, avec quelque prudence, au milieu d'un monde de chausse-trapes. Ainsi donc, en ce qui me concerne, la moindre tentation devait entraîner la chute.

Instantanément s'éveilla en moi une rage démoniaque. Dans un transport de joie, je broyai le corps sans résistance, ressentant à chaque coup une âpre volupté ; et ce fut seulement lorsque la fatigue eut succédé à mon enivrement que je me sentis soudain, au plus fort de mon délire, le cœur transpercé d'un frisson de terreur. Une brume se dissipait, j'avais signé mon arrêt de mort. Alors, je m'enfuis du lieu du crime, partagé entre le triomphe et l'horreur, mon sadisme satisfait et stimulé, mon amour de la vie accordé au plus haut diapason.

Je courus à ma maison de Soho et – deux sûretés valant mieux qu'une – je détruisis mes papiers. De là, je partis à travers les rues peuplées de réverbères, dans le même état d'esprit mixte, orgueilleux certes, de mon crime, et me promettant d'en accomplir bien d'autres, mais pourtant toujours conscient d'être traqué, redoutant d'entendre derrière moi les pas de la police.

Hyde, quand il composa le breuvage, avait un chant sur les lèvres et, quand il le but, il le fit à la santé de la victime. Les affres de la métamorphose avaient à peine fini de le déchirer que Henry Jekyll, pleurant des larmes de gratitude et de remords, était tombé à genoux et levait vers le ciel ses mains jointes.

Le voile de complaisance grâce auquel l'homme se dissimule ses fautes était déchiré du haut en bas. Je revoyais ma vie tout entière. C'étaient d'abord les jours heureux de mon enfance, le temps où je marchais en tenant mon père par la main et puis, mes études ardues, les années d'abnégation que j'avais consacrées à ma profession de docteur et enfin, hélas, les horreurs maudites de cette nuit. En les évoquant, j'avais l'impression d'un cauchemar. J'en aurais poussé des cris ! Par des larmes et des prières, j'essayais d'étouffer la hideuse multitude d'images et de sons dont fourmillait ma mémoire ; et toujours, dans l'intervalle de mes supplications, l'atroce vision de mon péché s'imposait à ma conscience.

L'acuité du remords commençant à diminuer, un

sentiment de joie lui succéda. Les choses, à présent, étaient claires et nettes. Désormais, Hyde était devenu impossible ; bon gré mal gré, j'étais dorénavant confiné dans la meilleure part de mon existence. Oh, quelle joie de pouvoir penser ainsi ! Avec quelle humilité empressée j'embrassai de nouveau les contraintes de la vie ordinaire ! Avec quelle sincérité dans le renoncement je verrouillai la porte par laquelle j'étais si souvent entré et sorti et en broyai la clé sous mes talons !

Le lendemain, les journaux annoncèrent que le meurtrier avait été découvert, que la culpabilité de Hyde ne faisait pas de doute et que la victime était une personne universellement estimée. Ce n'était pas seulement un crime, c'était une faute, une faute tragique ! Je crois bien que je fus content de le savoir. Ainsi, les tendances de mon meilleur moi seraient soutenues et gardées par la terreur de l'échafaud. Jekyll devenait, dès à présent, ma cité de refuge. Que Hyde se montrât seulement un instant et les mains de tous les hommes se lèveraient pour le prendre et l'exterminer.

Je résolus de racheter ma faute et je puis dire, en toute honnêteté, que ma résolution produisit quelque effet. Vous n'êtes pas sans savoir avec quelle ardeur je m'employai à soulager les souffrances humaines au cours des derniers mois de l'an passé ; vous savez combien je me sacrifiai pour autrui. Les jours, dès lors, passèrent tranquilles, presque heureux. Et je ne me lassais point de cette vie d'innocence et de dévouement. Bien au contraire, elle me plaisait tous les jours davantage. Mais je portais en moi ma malédiction, et c'était cette dualité de ma nature.

Au fur et à mesure que s'émoussait l'aiguillon du repentir, mon mauvais génie auquel, pendant si longtemps, j'avais relâché les rênes, ce moi démoniaque que j'avais enchaîné depuis peu, se mit à gronder et à réclamer sa liberté. Non point que je rêvasse de ressusciter Hyde ! Cette simple idée m'eût donné des crises de nerfs. Non ! C'était à présent dans ma propre personne que je me sentais tenté de tromper ma conscience et, si j'ai finalement succombé aux assauts de Satan, ce fut dans les mêmes conditions qu'un pécheur ordinaire cède à de secrètes envies.

Mais tout a une fin ; tant va la cruche à l'eau… Et cette brève concession faite à ma perversité finit par détruire l'équilibre de mon âme. Dire que, pendant tout ce temps, je ne me doutais de rien ! La faute me semblait toute naturelle. N'avais-je point péché, bien longtemps avant ma découverte, lorsque, dans mon propre personnage, je recherchais les plaisirs interdits ?

C'était par une belle journée claire de janvier ; le sol, là où le givre avait fondu, était légèrement humide mais, au-dessus de moi, pas un seul nuage ! Regent's Park retentissait de chants d'oiseaux et l'on sentait déjà une odeur de printemps dans l'air. Je m'assis sur un banc au soleil ; ma nature animale se réjouissait du souvenir de ses méfaits ; ma nature spirituelle somnolait sans défense, confiante dans l'effet d'un repentir futur mais trop paresseuse encore pour agir. « Somme toute, me dis-je, je n'étais ni pire ni meilleur que les autres. » À cette pensée, j'eus un sourire de complaisance. Je me comparai aux autres hommes. Moi, du moins, je ne barguignais pas à rendre service, tandis qu'eux !… De bonnes intentions, certes, mais de la négligence et une inactivité qui équivalaient à une cruelle indifférence !

Au moment même où je jouissais de cette vaniteuse pensée, j'éprouvai une angoisse subite, une horrible nausée et un mortel frisson. Les symptômes disparurent, mais je me sentais faible ; par la suite, cette faiblesse passa et je commençai à m'apercevoir d'un changement dans la nature de mes idées. Je me sentais doué d'une plus grande hardiesse, d'un certain mépris du danger, affranchi des liens de la religion et de la morale. Je baissai les yeux, mes vêtements pendaient informes sur mes membres raccourcis ; la main qui reposait dans mon giron était noueuse et velue. J'étais redevenu Edward Hyde. L'instant d'avant, je jouissais du respect unanime, de la richesse, de l'affection ; mon couvert était mis dans la belle salle à manger de ma demeure ; à présent, je n'étais plus qu'une bête traquée, sans tanière où s'enfuir, un assassin reconnu, un gibier de potence !

Ma raison vacilla, mais elle ne me lâcha pas tout à fait. J'avais bien souvent observé que les facultés de mon second moi étaient d'une grande vivacité et que je jouissais alors d'une ingéniosité d'esprit beaucoup plus prompte. Dans les circonstances présentes, Jekyll aurait probablement succombé, mais Hyde se montra à la hauteur de la situation.

Mes drogues se trouvaient dans l'une des vitrines de mon cabinet. Comment y accéder ? Tel était le problème que, la tête entre les mains, je me mis en devoir de résoudre. La porte de la ruelle ? Je l'avais condamnée. Si j'essayais de gagner mon laboratoire en traversant la maison, mes propres serviteurs m'enverraient au gibet. Il fallait absolument trouver un intermédiaire et je pensai à Lanyon. Comment l'atteindre ? Comment le convaincre ? À supposer que je pusse éviter d'être arrêté en ville, comment m'introduirais-je en sa présence ? Comment encore, visiteur inconnu et suspect, décider l'illustre professeur à cambrioler le cabinet de son collègue, le Dr Jekyll ? C'est alors que je me souvins d'une particularité précieuse de ma seconde nature. Bien que je fusse devenu Hyde, mon écriture était toujours celle de Jekyll. Une fois que j'eus conçu cette idée lumineuse, la marche à suivre m'apparut très clairement.

Sur ces entrefaites, j'arrangeai mes vêtements de mon mieux et, appelant un fiacre, demandai au cocher de me conduire à un hôtel de Portland Street, dont, par bonheur, je me rappelais l'adresse. Devant un client aussi grotesque – en fait, j'avoue que je faisais un effet assez comique, encore que ces vêtements couvrissent une tragique destinée – le cocher ne put s'empêcher de rire. Je grinçai des dents en le dévisageant avec une expression de fureur démoniaque et le sourire disparut du visage de l'homme. Heureusement pour lui et pour moi, car s'il avait continué, je l'eusse instantanément arraché de son siège ! À l'hôtel où j'entrai, je roulai des yeux si sombres que tous les larbins tremblèrent. Ils n'échangèrent pas un seul regard en ma présence, mais prirent mes ordres avec obséquiosité, me conduisirent à ma chambre et m'apportèrent de quoi écrire.

Hyde, en danger de mort, était une créature pour moi toute nouvelle : secouée d'une colère inouïe, tendant au meurtre de toutes ses forces, tourmentée du désir de torturer les autres ! Et pourtant le monstre ne manquait pas de ruse ; maîtrisant sa furie au prix d'un grand effort de volonté, il composa deux lettres importantes, l'une pour Lanyon, l'autre pour Poole ; et, afin d'avoir la preuve palpable qu'elles avaient été mises à la poste, il les fit porter avec l'ordre qu'on les recommandât.

Par la suite, il resta toute la journée dans sa chambre à se ronger les ongles au coin du feu. Il s'y fit monter son repas, veillant seul avec ses craintes, le garçon tremblant visiblement devant lui ; puis, quand la nuit fut tout à fait venue, il s'engouffra dans un fiacre, s'enfonça dans le coin le plus sombre et se fit conduire çà et là, par les rues de la capitale. Je dis bien « il » et non point « je » car le monstre n'avait rien d'humain ; rien ne vivait en lui, sinon la crainte et la haine. Et quand, pensant que le cocher commençait à avoir des soupçons, il abandonna le fiacre et s'aventura à pied dans ses vêtements mal ajustés, tout désigné à l'attention des noctambules, seules ces deux viles passions sévissaient en lui et déchaînaient sous son crâne la plus violente des tempêtes. Il marchait vite, poursuivi par ses craintes, se parlant à lui-même, rasant les murs et choisissant de préférence les artères les moins fréquentées, comptant anxieusement les minutes qui le séparaient de minuit. Une fois, il fut arrêté par une femme qui lui offrit, je crois, une boîte d'allumettes. Il la frappa rageusement en plein visage ; elle s'enfuit.

Quand je revins à moi chez Lanyon, l'expression horrifiée de mon vieil ami m'affecta quelque peu, mais cela n'était rien : une simple goutte d'eau dans l'océan des horreurs que j'éprouvais en me rappelant ces heures maudites. Un second changement s'était produit en moi. Je n'étais plus tourmenté par la crainte de la potence, mais bien par l'effroi de redevenir Hyde. Je reçus le blâme de Lanyon comme dans un rêve ; comme dans un rêve, je revins dans ma propre demeure où je me mis au lit. Après les fatigues et les émotions de cette journée, je dormis comme une masse. Les cauchemars dont je fus hanté n'arrivaient pas même à me tirer de ma stupeur. Je m'éveillai le lendemain matin, ébranlé, affaibli mais tout autre. Je haïssais encore et je craignais la pensée de la brute qui dormait en moi sans, naturellement, avoir oublié les épouvantables dangers de la journée précédente ; mais je me trouvais, une fois de plus, chez moi, dans ma propre demeure, mes drogues à portée de ma main ; et j'étais si reconnaissant au Ciel de ma délivrance que j'en éprouvais presque de l'espoir.

Je me promenais à petits pas dans la cour, après mon petit déjeuner, humant l'air frais avec délice, quand je fus repris par une de ces sensations indescriptibles qui annoncent le changement de ma personnalité. J'eus à peine le temps de regagner mon cabinet avant de me sentir une fois encore en proie aux passions frénétiques de mon mauvais moi. Hyde avait ressuscité. En cette occasion, il me fallut une double dose pour me rappeler à moi-même ; et, hélas, six heures plus tard, alors que je regardais tristement les tisons de l'âtre, les douleurs reparurent et il me fallut, de nouveau, absorber ma potion.

Bref, à partir de ce jour, ce fut seulement au prix d'un grand effort, d'une gymnastique physique et mentale très pénible et uniquement sous l'excitation immédiate de la drogue que je pus conserver l'apparence de Jekyll. À toute heure du jour ou de la nuit, j'étais pris par le frisson avant-coureur de la métamorphose ; et, surtout s'il m'arrivait de dormir ou de somnoler un instant dans mon fauteuil, c'était Hyde qui se réveillait.

Sous la tension que provoquait en moi cette épée de Damoclès, continuellement suspendue sur ma tête, et en raison de l'insomnie perpétuelle, surhumaine à laquelle je me trouvais condamné, je ne tardai pas à devenir la proie d'une fièvre continue. Le corps et l'esprit languides, je n'étais préoccupé que d'une seule pensée : échapper à mon autre et horrible moi. Mais quand je dormais ou quand le pouvoir de la drogue s'évanouissait, je passais presque sans transition – les affres de la métamorphose devenaient, jour après jour, de moins en moins pénibles – dans un état mental caractérisé par une imagination sadique, des instincts de haine sans cause, tandis que mon corps, malgré ses forces nouvelles, m'apparaissait à peine capable de contenir mes énergies déchaînées.

La puissance de Hyde semblait avoir crû au fur et à mesure que Jekyll s'affaiblissait. Et, certainement, la haine qui les divisait à présent était égale des deux côtés. Chez Jekyll, elle ressortissait à l'instinct vital ; il avait fini par voir la totale monstruosité de l'être auquel il était lié par quelques-uns des phénomènes de la conscience et qui ne mourrait qu'avec lui. À part ces éléments communs qui les enchaînaient l'un à l'autre et qui constituaient, pour Jekyll, le plus poignant motif de sa détresse, il avait l'impression que Hyde, son mauvais moi, en dépit de toute sa puissance de vie, était quelque chose non seulement de diabolique, mais d'inorganique. Là était bien le scandale ; que le limon de l'abîme pût lancer des cris et des paroles, qu'une argile amorphe pût gesticuler et pécher, que le néant et le chaotique pussent usurper les fonctions de la vie ! Pire encore, cet incube rebelle lui était plus proche parent qu'une épouse, plus consubstantiel qu'un œil. Il était encagé dans sa chair où il l'entendait gronder, où il le sentait se débattre dans son impatience de renaître. Et c'était bien le cas ! Toutes les fois que sa chair faiblissait, toutes les fois que Jekyll s'abandonnait au sommeil, Hyde se levait et le chassait de l'existence !

La haine de Hyde pour Jekyll était d'un ordre bien différent. Sa terreur du gibet l'incitait perpétuellement à commettre un suicide temporaire et à retourner à l'état inférieur d'incube au lieu de se pavaner en tant que personnalité distincte. Mais alors cette

nécessité le mettait en rage, de même que l'abatte-
ment où Jekyll était tombé et il s'irritait du mépris
avec lequel il se considérait lui-même. De là les tours
simiesques qu'il avait coutume de me jouer, les hor-
ribles blasphèmes dont il barbouillait, de ma propre
écriture, les marges de mes livres, les lettres qu'il brûlait, le portrait de mon père qu'il avait lacéré. Certes,

n'eût été cette crainte de la mort, il se serait depuis
longtemps perdu afin de m'entraîner dans sa perte.
Mais son amour de la vie est extraordinaire. Je vais
plus loin ! Moi qui éprouve la nausée et le frisson
rien qu'en pensant à lui, je ne puis m'empêcher de
le prendre en pitié quand je me rappelle la bassesse
et la frénésie de ses affections et quand je sens la
crainte qui le possède de me voir le supprimer par le
suicide.

Le temps me presse et je ne crois pas utile de poursuivre ces commentaires. Nul homme n'a jamais souffert de tels tourments, la chose n'est pas douteuse ! Et pourtant l'habitude, cette seconde nature, m'apportait, non point un soulagement, mais un certain endurcissement de l'âme, un certain acquiescement au désespoir. Mon châtiment aurait pu durer de nombreuses années, si la dernière calamité qui m'est récemment survenue ne m'avait pas définitivement retranché de ma propre apparence, comme de ma propre nature.

Ma provision de sels, qui n'avait jamais été renouvelée depuis la date de la première expérience, commençait à tirer à sa fin. Je m'en fis envoyer une nouvelle provision et je préparai le mélange. L'ébullition suivit et le premier changement de couleur, mais non point le second. Tout de même, je bus ma potion mais rien ne se produisit. Vous apprendrez par Poole comment j'ai fait fouiller toutes les pharmacies de Londres pour retrouver cette drogue. La tentative fut vaine et je suis persuadé, à présent, que ma première provision était impure et que cette impureté inconnue conditionnait l'efficacité du produit.

Près de huit jours se sont écoulés et je termine ce mémoire sous l'influence du dernier sachet de l'ancienne poudre. C'est donc la dernière fois, à moins d'un miracle, que Henry Jekyll peut penser ses propres pensées ou voir, prodigieusement altéré, son propre visage dans cette glace. Je dois me hâter d'achever ce récit, car si ces pages ont, jusqu'à présent, échappé à la destruction, c'est par une combinaison de prudence et de chance. Si les affres de la métamorphose me surprenaient au moment d'écrire ces lignes, Hyde mettrait ces papiers en pièces. Par contre, s'il s'écoule quelque temps entre le moment de la transformation et celui où j'aurai rangé ceci, j'ai l'impression que son extraordinaire égoïsme et sa tendance à ne vivre que dans le présent sauveront ces pages du néant. Certes, le châtiment qui nous attend tous les deux l'a déjà changé et accablé. Dans une demi-heure d'ici, quand j'aurai de nouveau, et pour toujours, réintégré cette personnalité haïe, je sais que je resterai, assis dans mon fauteuil, à trembler et à pleurer, ou que je continuerai, tendant l'oreille au moindre bruit et tous mes sens en alerte, à arpenter inlassablement cette pièce qui est devenue mon dernier refuge.

Hyde finira-t-il sur l'échafaud ? Trouvera-t-il le courage de se supprimer au dernier moment ? Dieu seul le sait et peu m'importe ! Je vais rendre le dernier soupir. Le Dr Jekyll va mourir et celui qui le remplacera ne m'intéresse plus. Ici donc, j'accomplis le dernier acte libre de mon existence et je remets au jugement de l'éternité le Dr Henry Jekyll, pauvre pécheur !

Table des matières

Robert Louis Stevenson

L'auteur

Robert Louis Stevenson est né en Écosse, à Édimbourg, le 13 novembre 1850. Il fait de brillantes études d'ingénieur, comme le souhaitait son père, puis il s'inscrit en droit et obtient son diplôme d'avocat. Pourtant, il ne plaidera jamais, et choisit de se consacrer à l'écriture. Ses romans – *L'Île au trésor* (1883), *L'Étrange Cas du Dr Jekyll et de M. Hyde* (1886), *La Flèche noire* (1888) – ont, pour la plupart, été publiés au préalable dans des revues. Sa santé médiocre le pousse à fuir l'Écosse dès qu'il le peut. Cette quête de sérénité le conduit en France, en Allemagne, en Amérique, dans les îles Marquises, puis les îles Gilbert. Il finira ses jours dans l'archipel des Samoa où il meurt d'une crise d'apoplexie, le 3 décembre 1894. À sa mort, les habitants de l'île, pour qui il était devenu un dieu vivant, saluèrent celui qu'ils appelaient Tusitala, « le conteur d'histoires ». Sa tombe sur le pic Vaca domine toujours le Pacifique.

François Place
L'illustrateur

Né en 1957, **François Place** a étudié l'expression visuelle à l'école Estienne. Son premier livre comme auteur-illustrateur, *Le Livre des navigateurs*, paraît en 1988 chez Gallimard Jeunesse. Son album *Les Derniers Géants* (Casterman) et sa trilogie l'*Atlas des géographes d'Orbæ* (Casterman/Gallimard) ont reçu de nombreux prix. Il a illustré plusieurs livres de Michael Morpurgo, et a collaboré avec Erik L'Homme pour les *Contes d'un royaume perdu* et Timothée de Fombelle pour *Tobie Lolness* (Gallimard Jeunesse).

Découvre d'autres livres
de **Robert Louis Stevenson**

dans la collection

L'ÎLE AU TRÉSOR

n° 441

Tout va changer dans la vie du jeune Jim Hawkins le jour
où le « capitaine », un vieux marin balafré et taciturne,
s'installe dans l'auberge de ses parents, à *L'Amiral Benbow*.
Jim comprend vite que ce boucanier, malgré ses chansons
et son goût immodéré pour le rhum, ne veut pas dire son
nom, qu'il n'est pas un client ordinaire et qu'une terrible
menace pèse sur lui. En effet, lorsqu'un aveugle effrayant
frappe à la porte de l'auberge isolée, apportant au marin
la tache noire symbole des pirates et synonyme de mort, la
chasse au trésor a déjà commencé...

LE DIAMANT DU RAJAH

n° 1178

Qui aurait cru qu'un diamant puisse provoquer une telle avalanche de catastrophes dans la haute société londonienne ? Certainement pas le jeune et distingué Harry Hartley, victime bien malgré lui du maléfique diamant du rajah…

LE PAVILLON DANS LES DUNES

n° 1256

Franck Cassilis voyage en Écosse et veut profiter de l'occasion pour rendre visite à un vieil ami qu'il n'a pas revu depuis des années. Il est alors témoin d'un étrange trafic : un bateau débarque de mystérieux passagers sous bonne escorte en pleine nuit. Et le seul accueil qu'on lui réserve est un coup de couteau dans l'épaule… Qu'importe, Franck Cassilis est bien décidé à percer le mystère qui entoure le pavillon dans les dunes. Il découvre que son ami protège un banquier en faillite, poursuivi par des « carbonari », des Italiens partisans de Garibaldi, qu'il a trahis en perdant leur argent. Il protège surtout sa fille, Clara, qu'il aime. Franck Cassilis, à son tour, tombe amoureux de la jeune fille…

Si tu as aimé ce livre,
retrouve d'autres **classiques**

dans la collection

LE ROMAN DE LA MOMIE
Théophile Gautier

folio junior n° 465

Deux explorateurs, un jeune lord anglais et son compagnon le docteur Ruphius, découvrent la momie d'une jeune fille très belle, dans le sarcophage inviolé d'un pharaon. Un papyrus glissé sous les bandelettes donne l'explication du mystère…

DOUBLE ASSASSINAT DANS LA RUE MORGUE, suivi de LA LETTRE VOLÉE
Edgar Allan Poe

folio junior n° 541

Deux femmes sont sauvagement assassinées. Qui est l'auteur de ce massacre ?… Une lettre extrêmement compromettante est subtilisée. Où est-elle cachée ?… Edgar Poe met le lecteur hors d'haleine et, phrase après phrase, crée un suspense d'une rare efficacité.

VOYAGE AU CENTRE DE LA TERRE
Jules Verne
folio junior n° 605

D'un vieux livre s'est échappé un parchemin couvert d'étranges caractères. Savant capricieux et excentrique, le professeur Lidenbrock réussit à déchiffrer le texte mystérieux, œuvre d'un alchimiste du XVIe siècle. Il découvre alors un curieux message : une invitation à se rendre au centre de la terre ! Un mois plus tard, accompagné de son neveu Axel et d'un guide islandais, il s'engouffre dans les entrailles de la terre...

FRANKENSTEIN
Mary Shelley
folio junior n° 675

Le 1er août 17.., alors qu'il effectue un voyage d'exploration dans l'océan Arctique, le capitaine R. Walton, commandant l'*Albatros*, recueille à son bord un naufragé à demi mort de froid, dérivant sur un banc de glace. Se prenant d'amitié pour le capitaine, le rescapé lui fait le récit de sa vie et lui confie son terrible secret : homme de science, il a créé un être à l'apparence humaine mais, habité de passions animales, le monstre s'est révolté contre son créateur, le docteur Frankenstein...

Mise en pages : Maryline Gatepaille

Loi n° 49-956 du 16 juillet 1949
sur les publications destinées à la jeunesse
ISBN : 978-2-07-062231-3
Numéro d'édition : 172606
Premier dépôt légal dans la même collection : novembre 1991
Dépôt légal : octobre 2009

Imprimé en Espagne chez Novoprint (Barcelone)